Hôtel des Pèlerins, 19 heures 20.

© 2021, Martine MARCK
Édition : BoD – Books on Demand,
12/14 rond-point des Champs-Élysées, 75008 Paris
Impression : BoD - Books on Demand,
Norderstedt, Allemagne
ISBN: 9782322399345
Dépôt légal : Octobre 2021

Hôtel des Pèlerins, 19 heures 20.

Martine Marck

Mentions légales

1

Il y a des jours où la réalité semble plus virtuelle que réelle.

La réalité, c'était cette soirée où elle s'était rendue contre son gré, obligation professionnelle. Elle détestait cela, mais elle y était habituée. Elles faisaient partie des contingences inhérentes à la profession. Quand elle était à bout de patience, saoulée de propos anodins et gavée de petits fours – ça passait le temps et ça donnait une contenance – elle disparaissait aussi rapidement que possible. On remarquait rarement son absence. Elle ne parlait qu'obligée et son physique ne laissait pas un souvenir impérissable. Elle ne faisait pas partie des têtes pensantes de la maison d'édition où elle travaillait. Elle était plutôt parmi les anonymes.

Ce soir-là ne faisait pas exception. L'auteur du jour paradait d'autant plus que son œuvre était loin d'être magistrale et la foule des admirateurs qui l'entourait était clairsemée. Il ne semblait pas désespéré et pérorait à qui mieux mieux. Elle s'était montrée, elle avait s'était adressée aux gens importants qui l'étaient véritablement moins que dans leurs bureaux impeccables, il était temps pour elle d'effectuer un repli vers la sortie. Elle pensait le faire en toute discrétion. Les groupes s'étaient formés par affinités et elle n'avait d'affinités avec aucun. Les conversations étaient devenues utiles et sans aménité. C'était l'heure des alliances, des règlements de comptes et des tentatives de déstabilisation. Elle n'était pas assez haut placée sur l'échelle des valeurs professionnelles.

Elle avait repéré un petit guéridon près de la porte d'entrée, elle ferait semblant de déambuler dans la salle un verre à la main, elle l'y déposerait négligemment et elle s'éclipserait très discrètement. Elle s'était déjà débarrassée du verre quand elle le vit arriver du fond du couloir. Inconscient ou trop conscient de son retard, le dernier participant était là depuis une bonne heure, il comptait certainement sur son effet. Sans qu'il ait dit un mot, sans qu'il ait fait un geste, toutes les têtes s'étaient tournées vers lui, les conversations avaient cessé. Il restait sur le seuil.

Elle ne saura jamais pourquoi, elle avait éprouvé le besoin de se cacher. Il y avait justement une plante verte géante près de la porte, elle s'était glissée derrière. Elle le voyait bien, elle pouvait distinguer son profil. Qui était cet homme ? Elle était sûre qu'elle ne l'avait jamais rencontré, elle ne le connaissait pas, mais elle ne pouvait détacher ses yeux de lui. Il était très grand, entre deux âges, restait à définir lesquels en le regardant de plus près. Il n'était pas particulièrement beau, seulement très élégant. Il portait un costume sombre taillé sur mesure et un simple pull à col roulé noir lui aussi.

Comme si elle avait été aimantée, il tourna son regard vers elle. Il la transperça. Il avait tout vu d'elle. Il ne dit rien, il était pourtant à moins d'un mètre, seule la plante verte les séparait. Il ne vint pas vers elle, il appuya son regard métallique et s'avança dans la salle vers l'hôtesse. Il lui semblait que ce regard l'avait clouée au mur comme les papillons morts sur leurs cartons. Elle ne pouvait plus bouger. Il ne se souciait plus d'elle, mais elle avait l'impression obscurément qu'elle n'en avait pas fini avec lui. Elle hésitait entre l'excitation de cette rencontre et la peur, l'excitation l'emportait, mais son instinct n'oubliait pas la peur. Au bout d'un très long moment, elle retrouva ses esprits. Elle ne le voyait plus, mais elle sentait encore sa présence quelque part, pas très loin. Elle quitta la maison avec l'horrible sensation qu'une main essayait de la retenir.

Rentrée chez elle, elle se persuada qu'elle avait rêvé que cet homme n'avait pas existé, ou alors seulement dans son imagination. Elle avait trop bu. Demain, elle n'y penserait plus. Elle ne le reverrait sans doute jamais. Elle fit taire la petite voix qui lui disait que le regard qu'il avait posé sur elle n'avait rien du hasard. Elle avait eu beau se cacher, il savait qu'elle était là. D'ailleurs pourquoi avait-elle senti cette nécessité de se dissimuler derrière la plante dès qu'elle l'avait aperçu ? Elle aurait pu le croiser en sortant tout à fait naturellement, lui dire bonsoir et continuer son chemin. Tout ça lui paraissait bien étrange. Elle ne pouvait s'empêcher d'éprouver un sentiment de danger. Elle finit par se moquer d'elle-même, mais le cœur n'y était pas. Elle se servit un verre de whisky. Elle avait déjà trop bu pendant la soirée, elle en ressentait le besoin. Elle aurait aimé avoir quelqu'un auprès d'elle à qui elle aurait pu raconter cette aventure qui n'en était pas une, à qui elle aurait pu confier ces sensations étranges qui l'agitaient, mais il y avait longtemps qu'elle était seule. Seule dans ce grand appartement, seule dans la vie. Elle n'avait pas encore quarante ans, elle se sentait déjà vieille et lasse.

Ce dernier verre n'avait pas été une si bonne idée, dans les vapeurs d'alcool, elle revoyait les yeux perçants de l'homme. Il avait le regard clair comme les officiers nazis dans les films, ce regard qui l'avait mise à nu, non pas physiquement, il n'avait rien de concupiscent, il n'y avait même pas de désir, hormis une volonté de pénétrer son âme. Elle tremblait de froid.

- Allez, secoue-toi, tu es en train de te faire du cinéma. Comment cet homme qui ne te connaît pas voudrait-il te faire du mal ?

- Je ne sais pas. Il me connaît, je l'ai senti. Je ne suis peut-être pas rationnelle, mais c'est ce que je ressens. C'est tout.

- Ce doit être la fatigue, tu travailles trop. Ou l'ennui, tu recherches quelque chose qui te sorte de ta vie si monotone. Tu viens juste de t'inventer une histoire maléfique pour te procurer une montée d'adrénaline.

- Non, c'est plus étrange, plus flippant !

- Bon, va te coucher, au grand jour les idées de ce genre ont tendance à disparaître.

- Tu as peut-être raison.

Elle n'avait que ça à faire, aller se coucher. D'ailleurs le lendemain matin, elle avait un rendez-vous important.

Elle dormit très mal. Toute la nuit, l'homme l'avait poursuivie. Il ne disait toujours rien et elle avait de plus en plus peur. Où qu'elle aille, il était là. Elle cherchait à le fuir, à se cacher. Pour finir, elle était prête à se suicider, mais une phrase lui revenait : « Et l'œil était dans la tombe et regardait Caïn… ». Il ne lui restait plus aucune issue. Elle sentait tout à coup les éclairs que lançaient les yeux de son tortionnaire se transformer en armes sur le point de l'atteindre. Elle s'était réveillée en hurlant.

Elle eut toutes les peines du monde à se concentrer sur son travail après une nuit si agitée.

2

Elle ne s'était pas trompée, c'était bien elle que l'homme cherchait. C'était elle et pourtant, il ne l'avait pas abordée, il n'avait pas essayé de lui adresser la parole. Elle avait pensé à lui toute la semaine. Elle avait beau se dire que c'était insensé, elle était poursuivie par son regard pénétrant. Il avait laissé son empreinte indélébile quelque part au fond d'elle.

Elle n'avait pas été tellement surprise quand elle avait reçu son coup de téléphone. Elle était en train de travailler et avait failli ne pas répondre. Elle n'aimait pas être dérangée, elle avait besoin de calme pour se concentrer. En voyant que c'était la ligne interne, elle avait décroché le téléphone. Elle avait entendu la voix de la standardiste :

-   Marion, on te demande.

-   Qui c'est ?

-   Je ne sais pas, c'est un homme, certainement ton amoureux.

-   Si tu pouvais dire vrai ! Passe-le-moi.

Elle ne reconnaissait pas cette voix, une voix autoritaire, belle malgré tout.

- Allô, je voudrais parler à mademoiselle Verrier.

- C'est moi !

- La demoiselle qui se cachait derrière la plante verte ?

Elle avait bien deviné, c'était lui.

- Je ne me cachais pas !

- Ah, bon.

- Que puis-je faire pour vous ?

C'est tout ce qui lui était venu à l'esprit. Un vide s'était fait dans sa tête lorsqu'elle avait entendu sa voix.

- Ce serait un peu long à vous expliquer par téléphone. Si vous voulez, nous pourrions nous rencontrer.

- Je ne vous connais pas.

- Je sais que vous m'avez vu l'autre soir.

- Oui, vous êtes cet homme qui est arrivé très en retard à la réception, mais je ne sais pas qui vous êtes. Je ne comprends pas très bien ce que vous pouvez bien me vouloir. Si c'est pour l'édition, je ne suis qu'une modeste correctrice, je ne vous serais pas d'une grande utilité. Vous connaissez la patronne, il me semble.

-       Ne croyez pas ça !

-       Pas ça quoi ?

-       Que vous ne pouvez m'être d'aucune utilité.

-       Je ne comprends toujours pas.

-       J'en suis persuadé. Tant que nous ne nous serons pas rencontrés, vous ne comprendrez pas. Je tiens à vous préciser, car je vous sens très réticente que nous nous retrouverons dans un endroit tranquille, cependant public. Vous n'avez rien à craindre de moi.

-       J'aimerais en savoir un peu plus.

-       Pour l'instant, je ne peux pas vous en dire plus sinon que vous ne le regretterez pas. Vous pouvez parler aussi à votre entourage si vous avez peur, il n'y a aucune raison de garder un quelconque secret. C'est à vous de voir. Je vous rappellerai pour vous donner le jour et le lieu. Je vous laisse travailler. Merci pour votre écoute, à très bientôt j'espère.

Avant qu'elle ait pu ajouter quelque chose, il avait raccroché. C'était surréaliste. D'où sortait ce type ? Et qu'est-ce qu'il lui voulait ? Elle n'irait certainement pas à son rendez-vous. Il n'avait qu'à lui dire de quoi il retournait. Elle imaginait déjà des propositions indécentes. Étrange cependant, elle n'était plus très jeune, pas laide, mais pas si belle que ça, en tout cas pas le genre de femme à inspirer des folies. Elle gagnait bien sa vie, mais elle n'avait pas de fortune. Elle menait une existence des plus calmes. Elle se remettait à peine d'une histoire sentimentale qui avait mal tourné. Une histoire qui avait duré deux ans et qui l'avait laissée dans la plus grande affliction. Non, elle n'imaginait pas cet homme dans une sombre machination sexuelle. Lorsqu'elle avait vu, posé sur elle, ce regard si pénétrant, elle ait ressenti une sorte de malaise, mais pas du tout comme si elle était agressée sexuellement.

Elle ne parvenait plus à travailler, toutes ses pensées étaient focalisées sur l'homme.

Plusieurs jours s'étaient passés durant lesquels elle avait attendu son coup de fil tout en le redoutant. Elle n'était plus aussi sûre de rejeter son offre de rencontre. Si elle n'acceptait pas, elle ne saurait jamais de quoi il voulait lui parler et elle perdrait son temps à tout imaginer. Il valait mieux qu'elle l'apprenne. Où allait-il l'entraîner ? Après tout, elle ne risquait rien puisqu'ils se verraient dans un lieu public et elle refuserait tout ce qui ne serait pas légal. On vit dans un pays de liberté, il ne pourrait pas la contraindre à faire ce qu'elle réprouverait.

Lorsqu'il l'avait rappelée, elle avait dit oui. Elle ne vivait plus que pour ce moment. Tantôt, elle se reprochait encore d'avoir cédé avec la nette impression de s'être fait manipuler, tantôt, elle se prenait pour Mata-Hari sur le point de rencontrer un espion étranger. Possédait-elle sans le savoir, des secrets d'État ? Sa vie si monotone et triste se transformait en une aventure exceptionnelle. Elle n'en dormait plus. Elle aurait aimé au moins avoir une idée de qui était cet homme, mais il ne lui en avait rien appris et elle n'avait rien demandé. Il l'intriguait, il l'intimidait, il la fascinait.

Quand le jour fut venu, elle rassembla tout son courage pour le rejoindre. Il avait fixé 19 heures, elle ne voulait pas être en retard. Il y avait de la circulation, elle rongeait son frein. Il avait dit 19 heures, il n'avait pas dit 19 heures précises, elle l'avait seulement deviné au son de sa voix. Dans sa voiture, elle se sentait encore à l'abri, mais quand elle serait devant lui ? Elle ne voulait pas penser à la manière dont il la regarderait, elle en avait eu un avant-goût. Elle avait des crampes dans l'estomac et se maudissait de s'infliger ça.

3

Mardi 3 décembre.

19 heures.

Bar de l'Hôtel Carillon.

Le salon de l'hôtel était vide. Il l'attendait. Elle était arrivée à l'heure juste. Elle était restée dans sa voiture jusqu'au dernier moment. Elle n'hésitait plus, mais elle ne voulait pas être la première. Elle l'avait vu venir dans la rue. Elle avait reconnu la haute silhouette très droite. Il marchait d'un pas alerte. Il était vêtu d'un manteau sombre, il avait la tête nue, malgré le froid.

Quand elle était entrée, elle avait regardé autour d'elle. Tout respirait le luxe, le confort. Cet homme était un habitué de ce genre de lieux, il était à l'aise, elle un peu moins. Elle était habillée très convenablement, mais elle n'était pas à sa place. Avait-il cherché à l'impressionner pour l'avoir à sa merci ? Il avait devant lui une tasse de thé ; il avait fait signe au serveur qui s'était approché en la voyant arriver d'en apporter un autre. Heureusement qu'elle aimait le thé, s'était-elle dit.

À moins qu'il ne connaisse ses goûts. Il lui avait désigné le siège en face de lui. Elle osait à peine le regarder. Elle avait tout imaginé de lui quand elle l'avait entendu au téléphone. Elle avait vu un homme prêt à tout pour la séduire, un homme dominateur qui tenterait de posséder son corps et son âme. Il était plus âgé qu'elle, il avait dû exercer son pouvoir sur bien des femmes, elle ne serait qu'un numéro parmi elles. Et pourquoi elle ? Elle n'était pas des plus jolies, elle n'était plus si jeune. Les hommes de cet âge-là préféraient les jeunes filles, elle n'était pas loin de la quarantaine. Elle n'était pas brillante, tout juste intelligente. Qu'avait-elle pour avoir retenu son attention ? Elle allait le savoir. Elle était fermement résolue à ne pas finir dans son lit. Il n'était pas repoussant, loin de là, mais elle ne sentait aucune attirance pour ce genre d'hommes. Elle n'était pas libre non plus. Pas encore remise de sa dernière histoire d'amour. Et ce n'était pas des manières pour essayer de séduire une femme qu'il n'avait vue qu'une seule fois. Il avait dû la juger un peu simple, très timide à vouloir se cacher. Était-ce cela qui l'avait attiré ; une fille légèrement idiote facile à faire tomber et surtout à manipuler ? Elle sentait que ce n'était pas seulement ça le but de l'homme. Elle pressentait tout autre chose sans savoir quoi. Une vague

14

sensation de danger l'avait envahie, un danger qu'elle ne concevait pas non plus. Lorsqu'elle avait enfin levé les yeux pour mieux le regarder, sa crainte ne s'était pas dissipée. Les prunelles grises qu'il gardait rivées sur elle lui avaient fait froid dans le dos. Elle se disait que c'était le reflet de sa peur qu'elle y voyait. Elle tentait de se rassurer, mais à aucun moment elle n'avait eu le désir de s'enfuir. Elle n'était pas brave, mais elle avait parfois des réactions inexplicables comme la fois où elle s'était réfugiée derrière la plante. Cette fois, son réflexe primaire était de faire face à l'homme ; elle l'observait de près maintenant. Il avait été très beau, mais ses traits étaient tirés, son front était marqué. Le regard était froid, mais il y avait, malgré tout, une tristesse à peine perceptible, elle la connaissait bien cette tristesse, et surtout une très grande lassitude. Sa bouche était amère. Il avait de très jolies mains, très fines et entretenues avec soin comme sa chevelure. Il portait des vêtements coûteux et des chaussures probablement hors de prix. Elle pouvait sentir un parfum discret.

Elle s'efforçait de jouer l'indifférence, il ne devait pas être leurré. Elle ne se faisait aucune illusion, il lisait en elle et c'était flippant. Il ne s'attarda pas en préambule. Il l'avait saluée d'un bref bonjour sans lui demander comment elle allait, si elle avait eu

15

des ennuis sur le chemin, toutes ces choses qu'on dit habituellement et auxquelles on n'attend pas de réponse. Ça permet seulement une entrée en matière.

- Je suis heureux que vous ayez accepté ce rendez-vous que vous avez certainement trouvé étrange. J'ai eu vos coordonnées par une amie de Clémence qui organisait la soirée au cours de laquelle nous nous sommes rencontrés. Rencontrés, si je puis dire car vous n'êtes pas sortie de derrière votre plante verte. Néanmoins, je vous avais reconnue. Ne craignez rien, je ne suis pas là pour vous dire que j'étais tombé amoureux de vous ni que j'espère vous inviter un jour dans mon lit. Quand je vous aurai exposé le motif qui m'a amené à vous fixer ce rendez-vous, vous serez tranquillisée. Je m'appelle Honoré Daumier, rien à voir avec le caricaturiste, je dessine très mal. Une simple facétie de mes parents qui se nommaient Daumier. Pour l'instant, vous n'avez pas besoin d'en connaître plus sur moi.

Rassurez-vous, je ne suis pas là pour vous nuire de quelque façon que ce soit. Je sais que vous êtes libre, ce sera plus facile pour la suite de notre relation qui, je vous le répète, n'aura rien de sexuel. Ce que je veux dire, c'est qu'il vous sera plus aisé de me consacrer du temps. C'est la seule chose que vous aurez à me donner. Je devine à votre air intrigué que vous vous demandez ce que je peux bien vouloir de vous. Ça n'a rien à voir non plus avec votre profession, je sais que vous travaillez dans l'édition, je n'ai aucun livre à éditer, je n'écris pas. Avant d'entrer dans le vif du sujet je souhaiterais préciser une chose pour être bien sûr que vous êtes bien celle que je crois : avez-vous eu une aventure récente avec monsieur Philippe Mareuil ? Aventure n'est peut-être pas le mot juste ? Avez-vous été ensemble pendant quelques années ? Oui, c'est bien. C'est là où je voulais en venir. C'est très simple, je désire que vous me racontiez en détail tout ce qui s'est passé entre vous et quand je dis : en détail, c'est au sens littéral du terme. J'exige absolument de tout savoir.

J'oubliais, je ne suis ni de la police ni du contre-espionnage (petit sourire entendu) et je ne suis pas de sa famille. Tout ce que

17

vous me confierez ne sera jamais divulgué par moi, pas de trace écrite, pas de vidéo. Rien qui puisse rester et ressortir un jour pour vous faire tort ou vous mettre dans une mauvaise situation. Je vous le garantis.

J'ajouterai, pour finir, que toutes les heures que vous passerez avec moi vous seront payées un bon prix. Toute peine mérite salaire, chez moi ce n'est pas un vain mot. C'est tout ce que j'exige de vous, des mots, rien que des mots, pas n'importe lesquels : la relation de ces quelques mois de votre vie. Vous parlerez, je vous écouterai. Il faut aussi que vous sachiez qu'il n'y aura pas de jugement, mais rien ne devra être laissé de côté. Je veux absolument que vous soyez précise et complète.

Ne dites rien, réfléchissez. Je vous rappelle dans quelques jours pour vous fixer un autre rendez-vous. Je verrai si vous venez ou pas. Inutile de spécifier que vous être entièrement libre de votre décision. Nous nous retrouverons chaque jour que je vous indiquerai dans le lieu donné à 19 heures sans faute. Je sais que vous terminez votre travail à 18 heures, vous aurez tout le temps d'arriver. Pas de retard.

Sans lui laisser le loisir de dire un mot, il s'était levé, était allé régler les consommations et avait quitté les lieux sans se retourner.

Elle était restée là, devant son thé qu'elle n'avait pas bu, abasourdie par les propos de l'homme. Elle n'aurait jamais imaginé un tel scénario et c'était à elle que ça arrivait. Elle savait déjà qu'elle irait au prochain rendez-vous. Elle ferait taire sa raison qui lui interdisait de se lancer dans un voyage incertain sans espoir d'en voir le terme. Une part d'elle-même la faisait se sentir liée à cet homme qui l'effrayait autant qu'il l'attirait. Elle aurait voulu lui poser des tas de questions, mais il était clair qu'il n'y aurait pas répondu et c'est cet inconnu qui agissait sur elle comme un aimant.

Il la priait de raconter ce qui avait été entre Philippe et elle. Elle ne voyait pas ce qui pourrait l'intéresser. Il n'avait donné aucune raison à sa demande. Il restait entouré de mystère.

4

Voilà, elle n'ignorait plus la raison de sa requête, ce n'en était pas moins étrange. Cet homme qui lui demandait de lui raconter son histoire avec Philippe. Pourquoi voulait-il tout savoir ? Il avait bien précisé tout. Qu'entendait-il par là ? Elle était finie son histoire et elle n'avait pas envie d'y revenir. Elle n'en avait oublié aucun détail. Il y avait des mois, elle ne l'avait jamais revu, mais tout était toujours présent dans sa mémoire. Elle n'imaginait pas mettre des mots dessus et pour cet homme. Tout ce passé récent peut-être était du passé.

Elle hésitait. Lorsqu'il lui avait annoncé ce qu'il attendait d'elle, elle avait été totalement prise au dépourvu. Elle n'avait rien rétorqué. Que répondre, d'ailleurs ? Elle l'avait écouté parler, il ne lui avait pas laissé le temps de faire le moindre commentaire, de lui poser la moindre question. Elle était restée fixée sur son malaise. Malaise, car si elle avait une idée maintenant ce qu'il voulait qu'elle fasse, il ne lui avait pas donné ses motivations. Il n'avait été que dans la négative : je ne suis pas… Je ne suis pas… Elle ne savait toujours pas qui il était et le pourquoi de sa démarche.

Elle était réservée, presque timide, pourrait-elle se livrer à un inconnu ! Elle réfléchissait comme si elle avait déjà accepté, elle était complètement perdue. Il la paierait. Tout ça avait pour elle un goût de prostitution. Il lui demandait de se mettre à nu devant lui, non pas physiquement, mais elle devrait exhiber ses sentiments et ce serait aussi difficile pour elle. Il n'avait eu aucun geste déplacé envers elle, il ne l'avait pas touchée, ne lui avait pas serré la main, pas une parole douteuse, mais elle s'était sentie dans la peau d'une prostituée. Elle n'avait rien contre ce monde-là, ce n'était pas le sien c'est tout.

Elle allait envoyer balader ce pervers d'un autre genre. S'il désirait se donner des sensations en poussant une jeune femme honnête à raconter des nuits torrides qu'elle avait passées avec son amant, il n'avait qu'à aller en trouver une autre. Mais c'était elle qu'il était venu chercher. Il était venu la chercher, elle, parce qu'il voulait qu'elle lui parle de Philippe. C'était Philippe le centre de ses préoccupations. Pourquoi ne pas l'interroger, lui ?

Il l'avait peut-être déjà fait et il voulait confirmation. C'était de plus en plus étrange.

Elle avait du mal à imaginer cet homme jouir, et puis il y avait des magazines, des films, des livres pour ça. Non, elle ne voyait pas cet homme ainsi. Il y avait en lui quelque chose qui interdisait ce genre d'élucubrations sur lui. Alors, pourquoi ? Elle pressentait que c'était bien plus complexe que ça. Elle ruminait ces pensées à s'en donner le vertige. Elle se sentait prise dans une tempête et se demandait sur quels rivages, elle allait être rejetée.

Car malgré le tumulte, elle savait qu'elle embarquerait. Elle n'avait aucune confiance dans le capitaine, mais c'était plus fort qu'elle, elle était prête à tenter le voyage.

De doutes en certitudes, les jours qui la séparaient du prochain rendez-vous lui donnaient l'impression d'être vivante. Elle vivait sans vivre depuis la rupture avec Philippe. Elle regardait passer le temps sans y trouver d'intérêt. Quelque chose en elle était mort, mais il restait, tout au fond d'elle, une infime partie qui ne demandait qu'à renaître. C'était une occasion comme une autre que lui offrait l'homme. Elle n'avait qu'à se dire qu'elle allait écrire l'histoire, non pas en la couchant sur le papier, mais en la faisant lire à l'homme. Elle allait la lui livrer comme un écrivain décrit sa vie dans une autobiographie dont elle ne serait pas le seul personnage puisqu'il fallait y inclure Philippe. Elle sentait confusément que ça lui ferait du bien.

5

Mardi 29 décembre.

19 heures.

Salon de l'Hôtel Beaucadre.

Pour cette deuxième rencontre, il avait choisi un cadre plus intime. Elle en était troublée. Le silence régnait dans le salon où il l'attendait. Ce salon était plus petit, il était étouffant et ils étaient plus proches. À part lui, il n'y avait personne. Il était assis tout au fond, enfoncé dans un fauteuil moelleux. Un verre était déjà posé sur la table basse. Elle regarda sa montre, il était dix-neuf heures précises, elle n'était pas en retard. Il avait bien stipulé : « pas de retard ». Elle avait rencontré des auteurs, d'autres éditeurs dans des cadres similaires, mais la présence d'Honoré Daumier faisait paraître tout différemment. Certainement rien qu'à ses yeux. Elle trouvait à ce salon quelque chose de fantastique, d'irréel. Elle n'aurait pas été surprise de voir Honoré Daumier vêtu d'une grande cape doublée de rouge avec un haut-de-forme et des dents de vampire. Il était semblable à lui-même, costume gris, pull jaune paille et son sourire n'avait rien de carnassier, ce n'était pas non plus un sourire chaleureux, tout juste poli. Il ne se leva pas pour l'accueillir, il lui fit seulement signe de s'asseoir en face de lui. Il ne l'avait pas non plus saluée. Elle retint son bonjour. Sa gorge était sèche. Elle était là, elle avait accepté, elle devait parler. Elle ne pouvait plus reculer, l'aventure commençait.

- Je vois que vous êtes venue, je ne doute pas que vous ayez hésité.

Il n'aurait pas dû douter, elle n'avait jamais hésité.

- Maintenant, je vous écoute.

Il l'avait prise au dépourvu. Si vite qu'elle n'avait pas pu se préparer. Il était clair pour lui qu'elle avait saisi pourquoi elle était là et il ne voulait pas s'embarrasser de temps morts. Aucun son ne sortait de sa bouche. Elle le fixait comme un animal ébloui dans les phares d'une voiture la nuit en forêt, paralysé. Le garçon était venu, elle avait commandé un thé d'une voix blanche puis elle s'était tue à nouveau. Elle n'aurait jamais pensé que ce serait si difficile. Il attendait. Il ne montrait aucun signe d'impatience, ses mains posées sur les accoudoirs du fauteuil ne se crispaient pas. Comme s'il comprenait qu'il lui fallait du temps. Mais ça ne la rassurait pas.

-   Je ne sais pas par où commencer.

-   Eh bien, par le début, c'est toujours le plus simple.

-   Que voulez-vous savoir au juste ?

-   Je vous l'ai déjà dit, tout. Surtout, n'essayez pas de me cacher quelque chose, je m'en rendrais compte très vite.

Il n'ajouta aucune menace, mais elle sentait confusément qu'il y en aurait une. Elle n'imaginait pas la nature de cette menace. Quel mal pourrait-il lui faire ? Et comment pourrait-il s'apercevoir qu'elle mentait ? Que connaissait-il d'elle ? Que connaissait-il de l'histoire ? Les questions se pressaient dans sa tête.

-   Pourquoi ?

C'était plus fort qu'elle, elle n'avait pas pu retenir l'interrogation.

-   Pour l'instant, je ne vous l'expliquerai pas. Vous saurez tout en son temps. Elle aurait voulu tout de suite, ça l'aurait aidée, mais elle était certaine qu'il ne transigerait pas avec elle.

Que dire, par où commencer, elle n'en avait aucune idée. Elle vit soudain que les mains de l'homme s'agitaient, il était temps qu'elle parle. Elle opta pour le récit de sa rencontre avec Philippe.

- C'était une rencontre banale, il avait déposé un manuscrit à la maison d'édition où je travaillais. Son manuscrit avait retenu l'attention du comité de lecture, je devais prendre contact avec lui pour faire sa connaissance. Lorsqu'il est entré dans mon bureau, j'ai été surprise : en parcourant son texte, je l'avais imaginé bien plus vieux. Quand je le lui ai dit, il a souri : je ne suis pas si jeune ! J'ai trente-quatre ans.

Il la coupa net.

- C'était quand, la date, l'heure, vous devez être absolument exacte.

- C'était il y a trois ans, en janvier. Je n'ai pas la date précise en tête, mais je pourrais la retrouver, je garde tous mes agendas. Quant à l'heure, je pense qu'elle doit y être aussi.

- Vous me donnerez tout ça la prochaine fois, continuez, n'omettez rien.

- Je me souviens de son sourire éclatant c'est ce que j'ai vu en premier quand il est entré. Ses yeux souriaient aussi. Nous avons discuté de son manuscrit. Je l'avais beaucoup aimé. Je suppose que vous l'avez lu. Il était très heureux d'avoir été remarqué et il était prêt à accepter toutes les modifications nécessaires, il ne serait pas exigeant sur les modalités du contrat. Il parlait avec enthousiasme de son travail, de sa passion pour les mots. Je l'écoutais ravie.

-       C'est un peu bref tout ça. Décrivez-le-moi.

-       Vous ne l'avez pas connu ?

-       Qu'importe, rappelez-vous, je veux tous les détails. Comment vous l'avez vu, comment il était lors de l'entretien ?

-       Il était grand, bien plus grand que moi, au moins un mètre quatre-vingt-cinq, je m'en suis aperçue quand je l'ai raccompagné à la porte. Élancé, pas très athlétique, pas maigre non plus, je serais bien incapable de vous donner son poids. Désolée.

Il ne relava pas l'ironie.

-       Il était blond, les cheveux un peu longs ramenés en arrière, ils ondulaient. Il était vêtu d'un jean usé, d'un pull en cachemire, qui avait vécu, d'un blouson fourré en jean, aux pieds des baskets fatiguées, le tout très propre. Il avait de belles mains fines aux doigts très longs qu'il agitait en bavardant et qui m'hypnotisaient. Il a parlé longuement, calmement, avec une passion contenue. Sa voix était très virile, un peu rauque. Il était affalé plutôt qu'assis sur sa chaise, ses immenses jambes étendues devant lui. Il semblait très à l'aise avec moi. Je le laissais parler, intéressée tout en l'observant. Quand il a terminé ce qu'il avait à dire, il s'est arrêté net. Je lui ai expliqué ce qui allait se passer. Son manuscrit serait relu par des correcteurs, on lui soumettrait quelques corrections, quelques modifications, et un contrat serait établi et dès signature, l'édition suivrait son cours. Il s'est levé, m'a remercié chaleureusement, m'a répété qu'il était très flatté qu'une maison d'édition comme la nôtre ait décidé de lui donner sa chance, puis il est sorti sans se retourner. Je m'étais levée à mon tour pour le raccompagner à la porte, il ne m'a pas attendue.

-        Et vous, dans quelles dispositions d'esprit étiez-vous ?

-        Je ne m'en souviens plus très bien.

-        Mais si ! Vous étiez tombée sous le charme. Je suis certain qu'il ne vous avait pas laissée indifférente. Encore une fois, ne me cachez rien.

- C'est peut-être vrai, mais c'était alors inconscient. Je l'avais trouvé beau, intelligent, j'avais aimé ce qu'il avait dit sur sa passion, l'écriture, son plaisir de se voir récompensé, je n'avais pas ressenti ce que l'on peut nommer coup de foudre. Je n'avais pas hâte de le revoir, je n'avais pas de palpitations de cœur quand je pensais à lui. Si je ne l'avais jamais revu, à ce stade de nos relations je ne crois pas que j'en aurais été malheureuse. Je n'imaginais pas la prochaine fois que nous serions appelés à nous rencontrer.

- Vous en êtes sûre ?

- Peut-on vraiment être sûr de nos souvenirs, ils sont trop influencés par ce qui s'est passé ensuite. Ce que je vous ai décrit c'est seulement l'impression que j'en ai gardée, ça fait longtemps.

- Vous avez raison, continuez ! Après son départ qu'avez-vous fait ?

- J'ai repris mon travail, tout simplement. J'ai refermé son dossier et je suis passée à un autre. Il était déjà loin de mon esprit.

-       Ça suffit pour aujourd'hui. Nous nous reverrons bientôt.

Après son départ, elle est encore restée un long moment revivant la scène et tentant de se remémorer les plus infimes détails de son entrevue avec Philippe. C'était comme si l'homme l'avait contaminée, elle avait besoin de retrouver l'exactitude des faits même si elle n'en était pas certaine. Elle essayait de revoir la lumière qui entrait par la porte-fenêtre de son bureau, la façon dont elle tripotait son stylo pendant qu'il parlait, les éclairs dans ses yeux quand il s'emballait un peu, pris par son enthousiasme, le jeu de ses mains qui mimaient ses paroles, l'intonation de sa voix. Tout lui revenait petit à petit. Tout ce qu'elle pensait avoir oublié, qu'elle avait voulu occulter. L'homme l'avait testée. Avait-elle passé son examen avec succès ? Que savait-il d'elle, de Philippe, elle devait avancer à tâtons sans fil conducteur. Elle était mal à l'aise et pressentait que ce ne serait pas si facile, qu'elle ne se sortirait pas indemne de cette aventure.

En partant, l'homme avait posé sur la table une enveloppe en papier kraft sur laquelle était écrit son nom. D'une écriture fine, ancienne comme à la plume. Elle l'avait ouverte. Elle contenait une belle somme. Elle supposait que c'était pour toutes les rencontres à venir, mais il y avait aussi une petite carte avec quelques mots de la même écriture : « Merci pour cette séance, voici votre rémunération. Vous recevrez la même à chacune des suivantes. »

Elle avait peine à y croire. La somme était trop conséquente, elle ne pensait pas avoir mérité tout ça. C'était un fait inquiétant.

6

Lorsqu'elle repense à ces heures passées en face de cet homme qui buvait ses paroles, elle a l'impression que ce n'était pas elle. Elle parlait de la vie d'une autre, elle se transformait en cette Marion qui lui était inconnue. Elle avait vécu tout cela, c'était la réalité, mais quand elle le racontait tout se transposait dans un univers différent. Elle entrait dans cet univers pendant une heure, ressentait quelque chose d'étrange. Elle se demandait parfois si elle ne créait pas tout ça, si elle n'était pas en train d'écrire un livre sur un personnage fictionnel qui s'inventerait une histoire d'amour pour le plaisir d'un auditeur, d'un lecteur tout aussi imaginaire.

Quand il l'interrompait pour obtenir un supplément d'information, une précision, elle avait envie de lui dire : « attendez que je trouve la suite, elle n'a pas été encore écrite ». Dès son arrivée, elle se dédoublait, elle devait le faire sans cela, elle aurait été incapable d'étaler son plus intime devant lui qui était toujours inconnu d'elle. Elle avait éprouvé cette faculté pour échapper à son pouvoir puissant sur elle. Lorsqu'elle ouvrait la boîte de ses souvenirs, elle s'effaçait derrière un rideau noir confiant à son double le soin d'affronter cet insatiable fouilleur d'âmes. Elle lui laissait le champ libre. Elle avait tout de suite compris qu'il ne se satisferait pas d'à peu près. Il gratterait jusqu'à l'os. Dès qu'il la voyait s'égarer un peu dans les faux-fuyants, il la recadrait. Il n'admettait aucune approximation. Elle s'en tenait à la plus stricte exactitude même si elle n'était pas certaine de la détenir.

Par distraction, pour se protéger, elle se rendait compte qu'elle avait occulté une grande part de la vérité, le temps passé avait aussi faussé bien des choses, l'homme la forçait à les remettre en lumière, à retrouver le goût, l'odeur, le parfum, rien ne devait être oublié dans les brumes. Elle devait chercher ce qu'elle n'avait pas vu, ce qu'elle n'avait pas voulu voir. Elle s'étonnait elle-même de déterrer tous ces détails. C'était un effort conséquent. Elle ressortait de ces séances, épuisée.

Ses amis lui en faisaient la remarque :

- Qu'est-ce que tu as en ce moment, tu n'es pas comme d'habitude !
- Mais si, juste un peu de fatigues. J'ai beaucoup de travail.

- Ce n'est pas juste de la fatigue, on connaît ta capacité de boulot, on dirait que tu es absente.

- Dites tout de suite, que je ne fais pas bien mon travail !

- On n'a pas dit ça. C'est que par moments tu pars vers des ailleurs et que tu tardes à revenir. As-tu des préoccupations ? Tu peux nous le dire.

Comment pourrait-elle leur dire ? Comment pourrait-elle parler de son aventure et de ses continuelles chasses aux souvenirs ? Ils ne la croiraient pas ou ils la prendraient pour une folle.

- C'est un mec ! Je suis sûre que c'est un mec ! Il était temps que tu trouves à nouveau quelqu'un.

C'était bien un mec, mais rien à voir avec une histoire de cœur, le mec n'était plus de première jeunesse et en fait de relation sexuelle il lui faisait retourner les cendres d'un amour mort.

- Un jour, je vous raconterai peut-être.

- Alors on attend avec impatience, ne nous fais pas languir très longtemps.

Elle leur en parlerait peut-être quand elle aurait le fin mot de l'histoire, quand elle serait allée jusqu'au bout de l'aventure, car elle savait qu'elle tiendrait jusqu'au bout, quoi qu'il lui en coûte. Il était trop tard pour abandonner et elle devait sincèrement l'avouer : tout cela l'excitait. Elle se prenait pour une héroïne d'aventure extraordinaire et ce n'est pas tout les jours que cela arrive dans une existence. Elle n'essayait plus de deviner les motivations de l'homme, elle se laissait emporter et ça lui faisait l'effet d'un voyage hors du temps, bien venu dans la monotonie de sa vie actuelle. Elle se surprenait à attendre avec impatience le prochain rendez-vous.

7

Mardi 17 décembre.

19 heures.

Salon de thé Madame de Sévigné.

Ce jour-là, il avait été impatient, elle l'avait senti dès son arrivée.

>   -   La dernière fois, nous en étions restés au moment de votre rencontre dans votre bureau, poursuivez !

Il ne lui avait pas laissé le temps de dire un mot. En guise de protestation, elle avait pris le temps de retirer son manteau, de la placer sur le dossier de la chaise voisine après l'avoir soigneusement plié. Elle s'était assise calmement. Elle sentait l'énervement de l'homme. Il était silencieux, mais tout dans son maintien traduisait la réprobation. Elle se délectait de son impatience. Elle savait qu'elle ne pouvait pas en abuser.

>   -   Je suis restée quelques semaines sans le revoir. Les réunions du conseil d'édition avaient pris du retard, nous

avions beaucoup de cas à traiter avant d'en arriver à lui. Je l'avais presque oublié.

-       Vous dites que vous l'aviez oublié, il ne vous avait pas fait plus d'impression que ça ?

Il avait l'air en colère comme si le fait qu'elle ne soit pas tombée immédiatement amoureuse de lui le contrariait. Il se refusait à l'admettre. Il croisait et décroisait ses mains, ses yeux étaient menaçants. Qu'est-ce que ça pouvait bien lui faire qu'elle ne soit pas tombée immédiatement amoureuse de Philippe ! S'il doutait de ce qu'elle disait, ce n'était pas la peine de continuer. Il voulait connaître toute la vérité, jusqu'à preuve du contraire, elle seule détenait la vérité. Elle seule et Philippe, mais c'était à elle qu'il avait demandée, il devait prendre sa vision de l'affaire telle qu'elle lui livrerait. Sinon, ils ne s'en sortiraient jamais. Il l'avait surprise par la violence de sa réaction. Elle eut un instant l'impression qu'il pourrait la gifler. Elle ne savait plus si elle devait poursuivre. Il se rendit compte de sa sidération. Elle avait perdu contenance et le fixait apeurée. Il avait repris son calme, elle ne se rassurait pas. C'est avec un peu plus de douceur qu'il lui fit signe de continuer.

\- Je dois être honnête avec vous, je suppose que je mentirais si je prétendais qu'il m'avait séduite au premier regard.

\- Avez-vous déjà été séduite au premier regard, comme vous dites ?

\- Non, jamais aucun coup de foudre, j'avais eu quelques aventures, rien de passionnel. Je suis d'une nature plutôt tempérée.

\- Bon, vous vous êtes revus.

\- Ça devait effectivement arriver. Son manuscrit avait été examiné, je devais lui soumettre les modifications à apporter et lui faire signer son contrat. Son dossier m'avait été confié définitivement. Il aurait pu être donné à un collègue, dans ce cas, je ne l'aurais pas revu ou alors au cours d'une soirée de la maison. Je ne l'aurais peut-être pas reconnu. Je lui ai téléphoné pour prendre rendez-vous. Il était très impatient, il avait hâte que son livre édité. Il devait passer le vendredi après-midi.

\- Qu'avez-vous pensé en l'ayant à nouveau devant vous ?

\- Pas grand-chose de plus que la première fois, qu'il était bel homme et d'agréable compagnie.

- C'est tout, vous n'aviez pas la plus petite arrière-pensée ? Vous ne me cachez rien ?

- Non !

Elle aurait pu dire que comme toute jeune femme qui rencontre un homme séduisant, elle avait imaginé ce qui pourrait arriver, tomber amoureuse était toute autre chose. Le désir d'un homme n'est pas amour, il peut disparaître lorsque l'objet de ce désir a tourné les talons. Oui, elle avait pu avoir une envie légitime, aussi légère qu'une envie de glace en été et aussi éphémère. Mais ce n'est pas ce qu'il voulait lui faire dire.

- Et lui ?

- Je ne pense pas qu'il ait eu, à ce moment-là, d'autres préoccupations que son livre. Les modifications acceptées et le contrat signé, il s'est détendu. Il a commencé à me poser des questions sur mon métier. Il désirait savoir si ça me plaisait de travailler dans l'édition. Je lui ai répondu que c'était ma passion, mais que la profession pouvait avoir aussi des côtés déplaisants. Certains auteurs ne supportent pas d'être refusés, ils peuvent devenir insultants, voire violents, d'autres ne veulent pas changer une virgule à leur manuscrit et l'on peine à les convaincre, d'autres nous prennent pour leur bonne à tout faire, leur nounou ou leur souffre-douleur quand leur livre ne se vend pas, ils nous accusent de ne pas faire notre travail, ils sont des génies. Il faut savoir régler toutes ces situations délicates. Philippe s'en étonnait, pour lui le fait d'être publié dans une maison qui est reconnue comme l'une des plus grandes était un tel privilège qu'il ne concevait pas qu'on puisse être désagréable et encore moins exigeant. J'ai dû lui raconter quelques anecdotes. Nous avons fini par nous amuser. C'est peut-être là que je lui ai trouvé un charme fou.

- En fait, son rire vous a séduite.

- Si l'on peut dire, je ne me sentais pas amoureuse. Je me disais juste qu'une histoire même passagère avec cet homme ne me déplairait pas. Nous nous sommes séparés comme de vieux amis qui ont passé un bon moment ensemble.

- Comme de bons amis ?

- Oui, pas plus.

- Je ne peux pas y croire.

- Pourquoi ?

41

\- Continuez.

\- Nous avions convenu de nous revoir quand la maquette serait réalisée pour le bon à tirer.

\- Il n'a pas demandé de vous retrouver avant ?

\- Non.

À nouveau, elle le sentait fâché. Il la fixait comme s'il la jaugeait. Elle ne lui avait pas tapé dans l'œil, était-elle à ce point insignifiante ? Elle n'osait croiser son regard de peur d'y lire quelque chose comme du mépris ou pire, de la haine. Elle se reprocha encore une fois de jouer son jeu. Elle pensait aussi qu'il la soupçonnait de mentir. Il ne la connaissait pas encore et ne savait pas s'il pouvait lui faire confiance.

\- Quelle impression vous a-t-il laissée cette fois-là ?

\- Je ne me le suis pas demandé une seule seconde. Pour moi, il était un auteur de la maison dont je devais m'occuper, c'est tout. Qu'il soit bel homme et très sympathique était un plus. Je le trouvais un peu touchant et naïf. Il était tellement heureux d'en arriver là qu'il n'avait même pas lu le contrat avant de le signer. Il n'avait fait aucune objection sur les corrections à apporter. Je le voyais comme un grand enfant qui vient de recevoir le cadeau convoité.

- Vous n'aviez pas la plus petite attirance vers lui ?

- Sans doute, la suite l'a prouvé, mais alors, je n'en avais absolument pas conscience. Je ne m'étais pas dit une seule fois que j'aimerais sortir avec lui, que son regard me troublait, que je ne voulais pas qu'il sorte de mon bureau, qu'il me quitte, que je mourais d'envie d'être dans ses bras, qu'il m'embrasse, toutes ces choses auxquelles on pense quand on est amoureux. Il avait à peine tourné les talons que je m'étais remise à mon travail.

Elle avait menti, oui, mais très peu. Elle devait convenir en reconsidérant la scène qu'elle avait espéré le revoir. Seulement le revoir sans définir un but précis, sans anticiper la suite.

- Ce sera tout pour aujourd'hui.

Il lui tendit l'enveloppe ; elle était toujours aussi grosse.

- Je ne sais pas si je peux accepter. C'est une somme importante et je ne vous ai pas dit grand-chose. La moitié serait amplement suffisante.

43

-       N'ayez crainte, j'ai largement les
moyens et on n'est pas au bout de notre
arrangement. Ensuite, ce sera peut-être
plus difficile pour vous.

Qu'est-ce qui pourrait être encore plus pénible ?
Elle avait de plus en plus l'impression de se
prostituer et elle était terrifiée par ces derniers
mots. Qu'allait-il lui demander ?

8

Lors de leur dernière rencontre, elle était en avance. Elle l'avait vu arriver, elle l'avait détaillé. Elle n'avait toujours pas pu lui donner d'âge, physiquement on pouvait lui accorder une petite cinquantaine, mais, selon l'expression de son visage, il pouvait paraître beaucoup plus vieux. Sa démarche était souple lorsqu'il apparaissait en public, mais quand il l'écoutait et qu'il n'était pas satisfait de ce qu'elle racontait une chape de plomb semblait peser sur ses épaules qui s'affaissaient ployant sous le poids. Il en devenait presque voûté. D'une rare élégance, il était très soigné, rasé de près, la coupe de cheveux impeccable et elle était certaine qu'il se faisait manucurer. Il ne portait pas d'alliance, aucun bijou. S'il n'y avait pas eu cette étrange relation entre eux, elle aurait pu le trouver séduisant. Il n'avait qu'un peu plus d'une dizaine d'années de plus qu'elle. Elle s'était souvent demandé : si elle n'avait pas accepté son marché, aurait-elle pu tomber amoureuse de lui ? Elle n'avait pas la réponse et, de toute façon, elle avait accepté ce marché et ça faisait toute la différence. Elle ne voyait plus en lui que cet homme qui la fascinait autant qu'il l'effrayait.

Elle se souvint pourquoi il lui avait semblé qu'il ne lui était pas inconnu. Une image venait de lui apparaître subitement. Elle se revoyait, après la mort de sa mère dans l'étude du notaire chargé du règlement de la succession. Un notaire tout aussi soigné, avec un air autoritaire et préoccupé. Un homme froid et peu bavard. Ça ne pouvait bien entendu être lui, le notaire était plus vieux, il aurait à présent quatre-vingts ans au moins. C'était le même type d'homme. Elle était assise en face de lui avec son frère. Il leur avait annoncé le montant de l'héritage, pas si élevé après les prélèvements légaux, ils recevaient en indivision la maison de l'Île de Ré qui avait pris avec les années une très grande valeur. Elle l'écoutait à peine, pleurant encore sa mère disparue subitement très peu de temps avant, l'image de l'homme de loi était restée gravée dans sa mémoire, sans doute associée à son deuil. Dans son souvenir, le notaire la regardait verser ses larmes en silence et elle avait capté dans son expression une froideur désagréable, mais aussi de l'intérêt. Il ne détachait pas ses yeux d'elle tandis qu'il donnait les derniers détails des papiers officiels. Elle ne savait plus quoi penser. Lui, non plus n'avait rien de libidineux, il était seulement mystérieux. La fascination qu'elle éprouvait aujourd'hui n'était peut-être pas étrangère à ce souvenir.

Ce jour-là, il avait encore moins l'allure d'un prince charmant. On était plus proche de Dracula, Dracula qui aurait les dents bien alignées et de même taille, sa dentition était parfaite. Trop pour être naturelle. Fidèle à son habitude, il n'avait pas daigné la saluer. Comme chaque fois, elle s'était sentie humiliée. Aucune phrase de courtoisie et l'enveloppe en fin de parcours, il y avait de quoi. Pour qui la prenait-il ? Il n'avait jamais eu un mot aimable et elle pressentait qu'il n'y en aurait jamais. Elle avait failli lui en faire la remarque, elle n'avait pas osé. Elle n'avait aucun courage devant lui. Elle se contentait de le saluer avec un soupçon d'obséquiosité, manière de faire de l'ironie, mais il ne relevait pas, ou il l'ignorait tout simplement. Elle se sentait comme une employée et à ce titre elle lui devait un travail impeccable. Elle avait conscience aussi d'être soumise craignant à chaque instant de lui déplaire et elle en était profondément contrariée.

Il s'était assis avec élégance, elle ne l'avait encore jamais vu s'asseoir, il l'était là quand elle arrivait. Il y avait quelque chose de féminin dans le geste qu'il avait pour tirer son pantalon sur ses cuisses afin qu'il ne se froisse pas trop. Il avait levé la main légèrement pour convoquer le serveur, elle avait déjà son thé devant elle. Il ne lui demandait jamais non plus si elle désirait prendre quelque chose, c'était toujours elle qui commandait sa boisson. Il ne lui avait pas adressé un seul mot qu'il lui faisait signe de commencer.

Bizarrement, elle se rappelait où elle en était restée la dernière fois. Elle s'efforçait de ne pas penser à tout ça en dehors de leurs entrevues. Elle ne voulait pas préparer ce qu'elle allait dire, elle craignait de ne pas s'en tenir à la vérité, de broder, d'enjoliver ou au contraire d'occulter quelque chose de désagréable. Il se chargeait toujours de débusquer la moindre inexactitude, la moindre contradiction et lui faisait creuser encore et encore pour préciser, affiner, compléter. Après tous les efforts qu'elle avait faits pour oublier cette histoire c'était difficile.

Elle avait eu de nombreuses fois envie de pleurer, la froideur de l'homme l'en empêchait, elle avait trop peur de sa réaction et elle se serait trouvée ridicule d'étaler sa sensibilité devant ce monstre qui n'avait rien à faire de ses tourments. Il payait pour ça, à elle de s'arranger avec ses états d'âme. Quand elle se sentait au bord des larmes,

elle avait encore plus honte d'elle. Que faisait-elle
là ? Qu'attendait-elle ? Elle ne comprenait pas et
était de plus en plus désemparée.

9

Mardi 28 janvier
Bar Royal
19 heures

  - Quand a réellement commencé votre histoire ?

Droit au but. Pour le contrer, elle prit tout son temps, posa délicatement son trench sur le dossier du fauteuil voisin, tira soigneusement sa jupe sur ses genoux, c'était inutile, il ne regardait pas ses genoux. Il ne la considérait pas comme une femme, seulement une conteuse ou Dieu sait quoi, elle n'en savait rien au juste. Son manège l'amusait quand elle voyait ses mâchoires se crisper, elle sentait qu'elle l'énervait. Il se contenait. Elle n'abusait pas de ce petit jeu.

  - Nous nous sommes revus quelques fois avant que son livre ne soit sorti en librairie, en tout bien tout honneur. Il ne me faisait pas la cour et me traitait comme une amie. Je dois avouer que je lui trouvais de plus en plus de charme, mais je n'attendais rien de lui.

- Vous aviez quelqu'un dans votre vie à ce moment-là ?

- Non, mon dernier compagnon m'avait larguée deux ans auparavant. Je suis une femme qu'on quitte ou je tombe toujours sur la mauvaise personne.

Il ne releva pas sa remarque, il n'était pas là pour faire une étude sur sa chance ou sa malchance. Tout ce qui la touchait lui était visiblement indifférent.

- Ne me dites pas que vous n'aviez pas des vues sur lui ?

- Peut-être alors, ce n'était pas très clair. Je pense que nos relations auraient pu en rester là sans que j'en souffre. Je commençais à imaginer que je pourrais sortir avec lui. Il était de ces hommes qui vous paraissent lointains comme des fantasmes dont on a peine à croire qu'ils peuvent se réaliser. Il ne m'avait jamais donné le moindre signe qu'il désirait approfondir cette relation tout amicale.

- Bon, allez droit au but !

- C'est vous qui m'avez demandé de ne négliger aucun détail.

\-   Je sais, continuez !

\-   Le déclic a eu lieu lors d'une soirée de la société. La même que celle au cours de laquelle je me suis fondue dans la plante verte où vous m'avez découverte.

\-   Vous vous étiez cachée aussi ?

\-   Non, je parlais avec une amie quand Philippe s'est avancé vers nous. Il m'avait saluée au début à son arrivée puis il avait été accaparé par des lecteurs et des personnes de la maison d'édition. Visiblement, il avait trop bu. Il était heureux de son succès, ça se voyait. Il était encore plus beau. Je craquais déjà. Il avait un verre à la main qu'il m'a tendu.

o   Tiens, prends un verre avec moi !

\-   Il vous tutoyait.

\-   Oui, c'est lui qui avait commencé. Je n'y avais vu aucun inconvénient. Nous avions une grande complicité.

o   Je crois que tu en as pris un peu trop.

o   Oui, mais je suis heureux.

o   Et moi, je suis heureuse pour toi.

o   Il me manque juste un truc pour l'être parfaitement.

o   C'est quoi ?

o   Toi !

o   Moi ?

o   Oui, j'ai envie de toi.

-    Vous pouvez imaginer que s'entendre dire ça par un homme ivre vous laisse perplexe. Est-ce lui ou l'alcool qui parle ?

-    Vous n'en aviez pas envie, vous ?

Si elle en avait envie ? Sans aucun doute. Elle ne l'avait pas posé en ces termes, mais depuis quelque temps elle ne le regardait plus avec les mêmes yeux. Elle avait rêvé de lui, il promenait sur ses corps, ces mains qu'elle admirait, il lui murmurait des mots tendres de sa voix envoûtante et elle se laissait aller dans ses bras. Elle s'était réveillée en se disant que ce n'était qu'un rêve. Jusqu'à ce soir-là, elle ne s'était jamais sentie regardée par lui comme une amante potentielle.

-    Certainement, mais une déclaration dans les vapeurs d'alcool est sujette à caution. Je lui ai simplement répondu que je n'étais pas contre, que je préférais attendre pour concrétiser qu'il soit sobre.

53

Je crois que je n'avais pas été surprise par ses paroles bien qu'elles soient incongrues et proférées dans un état second. Elle m'avait ouvert des perspectives. Moi aussi, j'avais envie de lui au moins pour un soir. Je ne m'étais pas encore autorisée à me l'avouer. Mais je n'étais pas prête pour une histoire d'amour. Et puis, il était trop beau pour être vrai. J'avais du mal à réaliser que je puisse être désirée par un tel homme.

- Et alors ?

- Il a éclaté de rire et il est parti en disant :

o Tu as raison, je vais aller dessaouler.

- C'est tout ?

- Pour ce soir-là, oui, mais le lendemain matin, il me téléphonait. Il s'excusait, mais m'assurait qu'il était sincère. Il prétendait aussi que c'était dans l'alcool qu'il avait trouvé le courage de se déclarer. Il regrettait seulement la manière dont il l'avait fait. Il ne voulait pas que j'imagine qu'il me considérait comme un coup d'un soir. Il avait de l'estime pour moi et n'aurait jamais eu l'intention de me vexer. Je l'ai rassuré, même si j'avais eu du mal à le croire, vu son état, je n'avais jamais pensé qu'il puisse me manquer de respect. Il est certain que j'aurais préféré aborder une relation de façon un peu plus classique avec des déclarations moins directes. Je n'étais plus un enfant romantique, cependant un peu de cour ne m'aurait pas déplu. Il a fini par me donner un rendez-vous pour le soir même dans un bon restaurant. Il repartait sur de meilleures bases. Une heure après, je recevais un énorme bouquet avec une carte et ces simples mots : « Désolé, mais sincère ». J'avais très envie de le revoir. C'est lors de cette soirée que j'ai appris à le connaître, du moins je le croyais.

- Qu'est-ce qui vous fait dire ça ?

- La suite m'a prouvé que je m'étais beaucoup trompée. Je m'étais laissé emporter par son charme. Je faisais le parallèle entre ce qu'il me disait et ce que j'avais lu dans son livre qui m'avait beaucoup émue. Je découvrais un garçon sensible, attachant qui savait trouver les mots. Il ne faisait pas d'efforts, il était naturel. Il ne me faisait pas la cour à proprement parler, mais je le sentais bien et j'étais bien moi aussi.

-       Je suppose que vous avez terminé la soirée chez vous.

-       Vous vous trompez. J'ai été très surprise quand il m'a raccompagnée et qu'il a refusé de venir prendre un dernier verre – formule idiote, mais consacrée — oui, il a refusé. Il ne m'a pas donné de raisons, il m'a souri, m'a embrassée, plus tendre que passionné. J'ai pensé qu'il était encore gêné de sa sortie de la veille, il ne voulait pas avoir l'air de me considérer seulement comme un objet sexuel. J'étais déçue, mais je savais que ce n'était qu'une question de temps. Nous n'étions plus des enfants, le flirt était dépassé depuis longtemps. J'étais amoureuse, j'avais perdu tout sens critique et je ne doutais pas qu'il le soit aussi. Même après plusieurs jours durant lesquels il ne m'avait pas recontactée, j'étais toujours dans la certitude, impatiente, prête à lui trouver toutes les excuses possibles. Excuses qu'il ne m'a pas exprimées quand il m'a téléphoné au bout de quatre jours pour me fixer un autre rendez-vous que je me suis empressée d'accepter. J'avais eu raison d'espérer.

-       Merci, mademoiselle, à bientôt.

Départ, enveloppe, tout était dit !

Elle était déçue. Elle venait de lui livrer une part d'elle-même et il ne s'était pas donné la peine d'ajouter un mot de regret de l'avoir un peu brusquée. Même si ce n'était pas sincère. Il la laissait là sans aucune considération pensant que le simple fait de la payer suffisait.

Elle se sentait mortifiée, achetée.

10

Les rendez-vous se succédaient, environ un par mois. Il n'était pas pressé. Elle se demandait si dans l'intervalle, il n'écrivait pas, un livre, un mémoire, il lui avait promis qu'il n'y aurait aucune trace de ce qu'elle dirait, ou alors, il voyageait. Elle ne savait pas s'il travaillait ni ce qu'il faisait. Elle n'en avait jamais manqué un seul. Le rituel était bien établi, pas de salutations, elle-même y avait renoncé. Très peu de mots de sa part, quelques questions, de brèves remarques. Elle s'asseyait, commandait une boisson et se mettait à parler. Ça lui était devenu de plus en plus facile. Il arriva un temps où il exigea qu'elle lui raconte en détail les rapports sexuels qu'elle avait avec Philippe. Elle avait abordé le chapitre à mots couverts, employant des métaphores des raccourcis, mais il voulait la vérité crue. Elle avait commencé à refuser tout net arguant qu'il n'était qu'un vulgaire voyeur. Elle lui avait dit qu'il ferait mieux d'aller dans certains lieux où il pourrait contempler à loisir des couples faisant l'amour. Ce serait plus excitant que d'en entendre le récit. Il y avait aussi assez de littérature sur le sujet. Elle l'avait vu pâlir et reprendre son regard meurtrier. Il avait beaucoup de mal à rester calme. Il la laissait parler, mais ses yeux répondaient pour lui. Elle avait eu très peur, elle n'était pas prête à obéir à ses ordres. Elle avait fini par lui dire qu'elle rembourserait toutes les sommes qu'il lui avait remises, elle ne les avait pas dépensées et elle lui offrirait toutes les séances passées. Elle n'irait pas plus loin. Elle ne le pourrait pas.

Il n'avait toujours rien répliqué, tendu de tout son être, il s'était contenté de la fixer à lui donner la chair de poule. Elle ne se souvenait pas de tout ce qu'elle lui avait dit, mais le mot de « pervers » claque encore à son oreille. Devant cette froide statue d'homme, elle s'était mise à trembler ; il était inattaquable. Comme un scientifique qui examine l'animal qu'il était en train de disséquer vivant, il la regardait se débattre dans les filets qu'il avait tissés autour d'elle.

Elle avait essayé de rassembler tout son courage pour le planter là définitivement. Quelque chose l'en empêchait, elle protestait, elle l'insultait, mais elle restait là. Au bout de quelques minutes, ou il avait su dès le départ qu'elle ne capitulerait pas, il avait attendu puis s'était détendu. Désespérée par sa passivité et par sa lâcheté, elle avait fini par se calmer elle aussi. Par représailles, elle ne pouvait se résoudre à céder totalement, elle se taisait à présent. Le silence entre eux s'épaississait ? Il ne faisait rien pour le rompre.

Pour retrouver son assurance, elle sirotait son thé froid. Elle attendait une réaction de sa part qui ne venait pas. Il avait toujours ce regard noir posé sur elle. Il pliait et dépliait ses doigts dans un geste maniaque, elle restait parfaitement immobile, elle avait terminé sa tasse. Les minutes passaient.

À les voir ainsi tous les deux, on aurait pu se croire face à deux statues. Il avait fini par reposer ses mains sur les accoudoirs de son fauteuil puis il avait dit, en lui tendant l'enveloppe habituelle :

-    À bientôt, réfléchissez !

C'était tout. Elle n'avait pas répondu, avait saisi l'argent. C'était le signe qu'elle reviendrait. Il était parti comme si rien ne s'était passé, sûr de lui et sûr d'elle.

Elle aurait aimé pouvoir pleurer. Elle se sentait prise dans un piège. Quiconque aurait voulu lui dire qu'elle était libre, qu'elle avait simplement qu'à ne plus se conformer aux désirs de cet homme, que c'était de la folie et qu'une femme aussi pragmatique qu'elle ne pouvait pas continuer ainsi, elle aurait refusé de l'écouter. Ce qui l'attachait à lui était totalement mystérieux, mais indéfectible. Il y avait en elle une seconde personne aussi prisonnière de ce voyage en absurdie qu'elle était libre dans la réalité.

Il lui avait dit qu'elle ne risquait rien, qu'il ne lui nuirait en aucune façon, elle savait qu'il n'en était rien. C'est elle-même qui se ferait du mal, c'est elle-même qui se perdrait. Il ne ferait que la regarder s'enfoncer. Elle savait aussi confusément que quand elle se serait mise au plus nu devant lui, il parlerait et ce qu'il en sortirait l'achèverait.

C'était indépendant de sa volonté, elle paierait pour voir et elle était certaine que ce serait le prix fort.

11

Mardi, 25 février
Salon du grand hôtel de la Poste
19 heures

-     La première fois où nous sommes rentrés ensemble chez moi, je commençais à ne plus y croire. Philippe était toujours aussi prévenant, il m'invitait très souvent à sortir, mais nous ne rentrions jamais tous les deux. Je n'essayais pas de le pousser à le faire, je l'aimais, j'étais heureuse avec lui, j'étais impatiente de voir la suite. Je pensais à la phrase qu'il m'avait dite ce soir-là où il était ivre. Il m'avait presque crié qu'il avait envie de moi, il ne semblait plus en être question. Qu'avais-je bien pu faire pour qu'il ait oublié ce désir ? Je me sentais frustrée, mais je ne voulais pas brusquer les choses. J'avais eu assez d'aventures commencées sur les chapeaux de roues et qui ne m'avaient menée nulle part. Je laissais revenir le désir.

C'était bien cette attente qui attisait les feux qui ne manqueraient pas de s'embraser le moment venu. J'avais pensé encore qu'il avait quelqu'un dans sa vie, une histoire à laquelle il peinait à mettre un terme. Il ne voulait pas en débuter une avec moi avant de solder l'autre. Il ne m'en avait jamais parlé, c'était une explication plausible. Je cherchais des raisons et j'étais prête à m'en inventer.

Je le découvrais à petites touches. Il était très prolixe et me racontait avec enthousiasme son enfance. Pas du tout son adolescence. Je pensais qu'elle n'avait pas dû être facile. Il ne laissait filtrer que très peu sur sa vie de jeune homme puis d'adulte. Je mettais tout ça sur le compte de la pudeur. Après l'âge de vingt ans, il ne parlait pratiquement plus que de sa passion pour l'écriture. Il me posait beaucoup de questions sur moi, sur mon passé, sur les hommes que j'avais rencontrés. Il voulait tout savoir : comment j'étais tombée amoureuse, pourquoi nous nous étions quittés. J'essayais de comprendre ses motivations pour lui répondre. Était-il jaloux de mon passé, était-il désireux de mieux me connaître par le biais de mes histoires de cœur, cherchait-il les failles, les erreurs qui avaient mis fin à ces histoires pour ne pas les commettre à son tour ? Tout ça me troublait un peu, mais je ne savais plus rien lui refuser. Je voulais surtout être honnête et je n'avais pas grand-chose à cacher.

Quand il allait trop loin, je lui en faisais reproche et je ne répondais pas. Il prenait alors son air de chien abandonné, je craquais et je racontais. C'est fou ce que je suis entraînée à raconter, à croire que je suis faite pour ça et que je ne vis que pour le relater à un homme.

Je n'ai aucune idée de vos motivations pas plus que je n'en ai eu de celles de Philippe. Pour lui, je racontais par amour, pour vous par une espèce de fascination que je ne m'explique toujours pas.

-      Un jour, vous comprendrez. Je ne suis pas un personnage fascinant. Ce qui vous semble fascinant chez moi, c'est le côté inconnu, vous ne savez rien de moi, mais tout viendra en son temps. Revenons-en aux faits, il voulait tout connaître de vous, et vous ?

- Vous pensez bien que j'étais curieuse, moi aussi, s'il avait eu des femmes dans sa vie, s'il avait souffert, pour quelles raisons il était encore célibataire. Je me suis heurtée à un mur. Il refusait d'en parler et si j'insistais arguant que je le faisais bien, il se fermait aussitôt et restait muet. J'ai fait taire ma curiosité de peur de le faire fuir. C'était peut-être si douloureux qu'il ne pouvait pas le raviver par la parole. J'apprenais à le connaître, mais il y avait encore beaucoup de zones d'ombre, de pans entiers de silence alors que je lui avais pratiquement tout livré de moi-même. Je devrais m'en satisfaire pour le garder et c'est ce que j'ai fait. J'aurais voulu tout savoir de lui, déshabiller son cœur comme je rêvais de déshabiller son corps. Je refrénais mes envies, me contentant de ce qu'il consentait à me donner. Il me subjuguait. J'étais de plus en plus amoureuse de lui. C'était d'autant plus déroutant qu'il n'y avait jamais eu entre nous de déclaration, aucune promesse, et pas encore de rapprochement charnel. Je m'attachais de plus en plus à lui sans rien savoir de cet amant potentiel.

\- Parlez-moi, maintenant de la première fois où vous avez fait l'amour.

\- Je pense que vous m'en demandez un peu trop.

\- Je croyais avoir été clair, je veux tout entendre, vous vous êtes engagée.

\- Jusqu'à un certain point !

\- Avec moins, il n'y a pas de point limite.

Elle avait compris qu'elle n'avait pas le choix. Comment allait-elle s'y prendre ? Elle avait toujours été très pudique. Même à ses amies, elle ne parlait jamais de ces choses-là ou en termes voilés et le moins souvent possible. Ce n'était pas pour en faire le récit détaillé à cet homme, sans raison. Comment allait-elle trouver les mots ? Elle réprouvait la crudité, la vulgarité et elle avait peur de ne pas être capable de s'exprimer sur le sexe. Il tapotait d'un doigt la tasse de thé qu'il avait prise en main. Il lui faisait savoir que ce n'était pas le moment de tergiverser, il n'attendrait pas plus longtemps. Son cœur battait de colère, mais aussi de honte. Le piège s'était refermé sur elle et elle s'y était elle-même laissée enfermer. D'une voix blanche et presque inaudible, elle attaqua.

\- Plus fort s'il vous plaît, je vous entends à peine et faites fi de votre éducation ou de tout ce qui pourrait vous empêcher de renoncer à votre pudeur. Vous n'êtes plus une petite fille et je ne vous ai pas forcée à accepter.

- C'était au printemps, la soirée était douce et nous étions allés marcher au bord du fleuve après une sortie au théâtre. Devant chez moi, il m'a embrassée comme d'habitude et je comptais que fidèle à lui-même, il allait me quitter, mais il s'attardait. Je suis entrée, il m'a suivie, sans dire un mot. J'ai pensé : ça y est, il s'est décidé enfin ! Arrivé dans le couloir, il a tout de suite repéré ma chambre, la porte était restée entrouverte. Il a saisi main et m'y a entraînée. Sans même prendre la peine de me déshabiller, il m'a enlacée et portée sur le lit. Avant que j'aie eu le temps de réagir, il me pénétrait. J'aurais aimé une tout autre inauguration de cette nouvelle phase de notre relation. Ce premier rapport était plutôt décevant.

- Précisez, c'est un peu succinct.

- Vous comprendrez que ce n'est déjà pas si facile de parler de ces choses si intimes. Vous pouvez les imaginer, non ?

- Je vous avais prévenue, je veux tout savoir. J'insiste.

- Vous n'en avez pas le droit, c'est malsain, voire pervers. Je n'entrerai pas dans votre jeu. Je suis d'accord pour raconter les faits, mais pour les détails croustillants vous devrez aller voir ailleurs. Il y a des endroits et de la littérature pour ça.

Silence total.

Temps mort.

- J'insiste.

- J'ai dit tout ce qu'il y avait à dire, je n'irai pas plus loin.

- Si !

Silence total.

Temps mort.

Fin de la séance. Il avait tendu l'enveloppe comme pour lui signifier : vous ne m'échapperez pas. Elle l'avait pris comme tel.

12

Elle avait abandonné toute pudeur, elle se méprisait de plus en plus. Elle était perturbée et se maudissait pour cette addiction qui prenait de plus en plus de place dans sa vie. Car c'était bel et bien une addiction. Elle ne pouvait plus se passer de l'homme et de ses exigences. Il lui fallait sa dose mensuelle d'humiliation. Elle avait vaincu sa retenue, elle avait piétiné sa fierté et étalait leurs ébats, à Philippe et à elle, au fil des soirées. L'homme ne donnait aucun signe de mépris, il ne faisait aucun commentaire et ne demandait de détails que lorsqu'il la voyait sur le point d'hésiter. Il ne menait pas le discours, il écoutait, c'était tout ? C'est elle qui se sentait humiliée, c'est elle qui peinait puis qui acceptait d'aller encore plus loin. C'est elle qui faisait tout. Il y avait comme un besoin chez elle de fouiller ce qu'elle n'avait jamais voulu regarder en face. Plus elle avançait dans ses récits plus elle approfondissait et redécouvrait ce que cette histoire avec Philippe avait été.

Certes, elle était toujours aussi mal à l'aise de mettre en mots, devant témoin, leurs relations sexuelles, mais quelque chose lui parlait à elle. Elle ne voyait pas encore très clair, mais ça l'aidait à progresser. Elle revivait ces deux années avec un autre point de vue. Elle avait follement aimé Philippe, elle l'aimait et elle l'aimerait toujours, mais cet amour se métamorphosait au fil de ses récits. Des détails qu'elle avait ignorés ou enfouis, lui sautaient, à présent aux yeux.

L'homme avait le chic pour l'orienter vers ces détails précisément. Elle résistait, se cabrait, mais lorsqu'elle avait capitulé et qu'elle était allée dans le sens qu'il lui avait indiqué, de plus en plus de choses devenaient claires. Ça l'effrayait, elle sentait son cœur se broyer un peu plus. Elle se dirigeait de plus en plus vers un précipice et elle était attirée irrésistiblement vers le vide. Elle avait parfois la nette impression qu'il savait où la mener et il le faisait sans qu'elle en soit vraiment consciente.

L'homme était égal à lui-même, mots comptés, inflexible et impénétrable. Elle ne cherchait plus à le braver, elle se laissait guider, manipuler. Elle n'avait plus de recul, elle était comme emprisonnée dans une gangue qu'il avait développée autour d'elle. Quand il tardait à la convoquer, elle était en manque. À chacun de ses coups de téléphone, elle était toujours étreinte par la peur, elle était aussi soulagée. Elle craignait qu'il n'en ait fini avec elle. Il était devenu un élément essentiel de sa vie.

Après le départ de Philippe, elle avait ressenti un vide immense. Elle avait tellement pleuré qu'elle était au-delà de la souffrance. Elle ne voulait plus faire confiance à un homme, elle les fuyait et sa vie affective était à présent un désert. Elle l'était toujours, l'homme avait pris la place de ce qui aurait pu être celle d'un amant. Il occupait tous les moments laissés libres par son travail, elle pensait si souvent à lui. Il lui était encore aussi mystérieux et elle n'avait aucune attirance pour lui, mais il lui était devenu nécessaire.

Elle n'en avait pas parlé autour d'elle, qu'aurait-elle pu dire ? Ce n'était pas la seule raison. Elle voulait garder tout ça pour elle. Elle avançait dans l'ombre et dans le doute, mais il lui semblait qu'elle allait vers une issue vitale pour elle.

13

Mardi 17 mars
Bar du Départ
19 heures

-     J'espère que vous avez réfléchi et que vous serez plus précise. Revenons sur vos premiers rapports.

-     Comme je vous l'ai dit la dernière fois, Philippe ne s'est pas montré tendre et a fait fi des préliminaires. J'avais tellement attendu ce moment que j'avais peine à croire qu'il allait se réaliser. Quand Philippe m'a entraînée dans la chambre, j'aurais voulu prendre le temps, il ne m'avait même pas embrassée. J'aurais aimé qu'il me déshabille, que je le déshabille avec fièvre, avec une hâte étudiée. Il n'a pas jugé utile de retirer mes vêtements, seulement le slip. Il ne s'est pas dévêtu non plus. Il était presque brutal. Je lui demandais en vain d'être plus doux. J'avais mal. Il ne m'entendait pas. J'avais l'impression qu'il m'avait oubliée. Je crois que je pleurais. Il ne lui avait fallu que très peu de minutes pour atteindre son but et conclure. J'ai été soulagée de voir la fin du supplice.

- Vous voulez dire qu'il s'est empressé de vous pénétrer et de jouir, appelez un chat un chat !

- C'est ça. Compte tenu de sa conduite et du temps qu'il avait mis pour se décider à sauter le pas – pardon, à me faire l'amour –. J'aurais pensé qu'il serait tout aussi patient dans le déroulé de l'action, qu'il serait tendre, câlin. J'avais plutôt l'impression qu'il se jetait à l'eau, qu'il se débarrassait d'une corvée. Inutile de vous préciser que je n'ai eu d'autre plaisir que celui d'espérer qu'il ferait mieux la prochaine fois. Je n'avais pas eu conscience d'être présente. Je ne savais pas quoi dire l'acte achevé, du moins pour lui. J'étais là, couchée, les vêtements seulement relevés, le slip juste baissé. J'étais stupéfaite et en colère. On ne m'avait encore jamais traitée comme ça.

- Il n'avait pris aucune précaution ? C'est un détail qui a de l'importance.

- Je crois me souvenir qu'il avait enfilé en vitesse un préservatif. Mais je n'en suis pas sûre, tout a été si rapide.

- Continuez.

- Après qu'il a eu son plaisir, du moins je le suppose, il s'est écroulé à côté de moi et s'est endormi comme un enfant. Moi, je restais sur ma faim, frustrée, me demandant ce qui s'était réellement passé. Je doutais encore de cette triste évidence. J'avais découvert un tout autre Philippe et celui-là, je ne le voulais pas dans mon lit. Sans ménagement, je l'ai réveillé et je lui ai fait comprendre que ce qu'il venait de faire mettait un terme à notre relation. Si je ne devais lui servir que de déversoir, je n'étais pas partie prenante. Il devrait aller chercher ailleurs ce type de rapports. Il était encore à demi déshabillé, je n'avais eu qu'à remonter mon slip et baisser ma jupe. J'espérais qu'une fois réveillé, il me serre dans ses bras, qu'il me dise qu'il regrettait, qu'il était trop impatient, qu'il allait recommencer et, cette fois plus tendrement, mais il ne sortait pas un mot, ne faisait rien. J'ai pensé que c'était la première fois pour lui, ce qui aurait pu expliquer son manque de connaissance, à son âge c'était peu probable, surtout avec son physique et sa capacité d'attirer les gens, aussi bien les femmes que les hommes. Où qu'il aille, il était toujours très entouré.

- Qu'a-t-il fait, ensuite ?

- À ma grande surprise, il s'est mis à pleurer sans dire un mot. Vous pouvez imaginer mon désarroi. Comment exprimer sa colère et ses reproches devant un homme qui pleure ? Et quel homme ! Philippe est l'homme le plus viril que je connaisse. Il était là en face de moi, le pantalon ouvert, et il déversait des torrents de larmes, toujours aussi muet. Dans un film, la scène aurait paru comique, c'était l'homme que j'aimais et je venais d'être traitée comme une prostituée par lui. Ne sachant plus quoi dire ni quoi faire, je l'ai laissé et je suis allée à la cuisine me faire un thé pour tenter de me calmer et de trouver ce qu'il convenait de faire. Je crois que je me suis mise, moi aussi, à pleurer. Mon thé bu, je me suis rendue à la salle de bains pour prendre une douche. Je me sentais sale et confuse. Quand je suis passée devant la chambre, Philippe n'avait pas bougé, assis au bord du lit, il pleurait toujours. Je n'avais pas envie d'aller vers lui. Je ne savais plus si je le détestais ou si je l'aimais encore. J'en avais presque la nausée. J'ai pris une longue douche, je me sentais sale.

Quand je suis ressortie de la salle de bains, il était parti. J'ai pensé que tout était fini entre nous, que je ne le reverrais plus. J'étais désespérée, je n'y comprenais plus rien. J'essayais de me remémorer ce que je lui avais dit. Je regrettais de n'avoir pas essayé de le questionner sur ce qui l'avait poussé à agir ainsi. Comment avait-il pu se transformer de cette manière, passer de l'homme charmant, intelligent, intéressant à cette brute sans égards, égoïste et violente ? Violence dans son geste, mais aussi violence dans le fait de ne m'avoir pas du tout considérée. C'était incompréhensible. Et pourtant, je m'apercevais que l'aimais toujours autant. Et ces larmes, que pouvaient-elles bien signifier, que regrettait-il, d'avoir fait l'amour avec moi – si on peut appeler ça faire l'amour - ou de s'être comporté ainsi ? Il n'avait qu'à s'expliquer, il avait certainement une raison et recommencer avec une tout autre approche. J'aurais très bien pu lui pardonner, j'étais assez accro pour ça. Je me rendais compte que je ne pourrais plus vivre sans lui. Ce qui me désespérait de plus en plus.

- Vous n'aviez vraiment pris aucun plaisir ?

- Seulement la joie de tenir l'homme aimé dans mes bras, plaisir on ne peut plus fugitif dans le cas. En tout cas, il n'avait pas fait attention à ce que j'aurais pu ressentir.

Je croyais ne plus jamais le revoir. Il y eut trois jours de silence absolu. Je passais des heures à m'interroger sur ce qui avait pu le faire se comporter de cette façon, à analyser son attitude lors de nos rencontres précédentes. J'en venais à me demander si c'était moi la responsable, je ne lui avais jamais mis la pression, c'était toujours lui qui m'avait sollicitée. J'étais malheureuse, je doutais de moi, mais paradoxalement jamais de lui. Pourquoi, nous les femmes avons-nous ce culte de la responsabilité, qu'est-ce qui fait qu'à chaque ratage, on se l'impute. Le poids de la culture, les gènes porteurs de culpabilité. J'ai passé trois jours, les pires de ma vie. Je n'osais pas lui téléphoner : que lui aurais-je dit ? Ma colère était retombée, mais je n'avais pas encore retrouvé le calme nécessaire à une confrontation. J'attendais bêtement, le regard fixé sur mon portable, et je voyais mes espoirs s'amenuiser au fil des heures.

J'essayais en vain de me raisonner, cet homme n'était pas pour moi, je n'avais pas réussi à le garder, il me fallait en faire le deuil. J'avais déjà connu des séparations, volontaires ou non, mais c'était celle qui me désolait le plus. J'avais beaucoup de peine à me concentrer sur mon travail et dès que je rentrais chez moi, je pleurais sans retenue.

-       C'est bon pour aujourd'hui.

Elle s'y attendait. Dès qu'elle parlait seulement d'elle, il se désintéressait du récit. Il ne voulait l'entendre raconter que ce qui concernait Philippe. Elle avait compris, cependant elle ne pouvait s'empêcher de revenir à elle de temps en temps. Elle reprenait de la valeur à ses yeux. Ça ne lui déplaisait pas non plus de le contrarier. Elle voulait qu'il se rende compte que c'était une histoire de couple.

L'enveloppe était toujours bien bourrée de billets. Elle avait déjà gagné une belle somme, mais elle ne s'était pas décidée à y toucher. Elle dormait sur un compte spécial qu'elle avait ouvert. Elle pensait que quand tout serait terminé, elle pourrait lui rendre.

14

Elle n'avait pas envie de parler, il y avait des jours comme ça. Elle trouvait ce petit jeu inutile et dégradant. Elle se sentait observée par l'homme comme si elle avait été nue. Elle devait reconnaître qu'il n'y avait jamais rien de lubrique dans ce regard. Effrayant certes, mais rien de sexuel. Il n'étendait sa possession que sur cette partie de sa vie, ce qu'elle avait vécu avec Philippe. C'est ce qu'elle ressentait. C'était trop pour elle, cette partie n'était pas à son honneur et avait été bien éprouvante. Elle aurait pu se demander pourquoi elle ne refusait jamais de venir. Elle ne se serait pas répondu. Il aurait fallu pour cela qu'elle aille chercher tout au fond d'elle-même une justification qui n'aurait pas tenu la route si toutefois elle en avait découvert une. Il y avait seulement ce foutu sentiment que lui disait que si elle n'y allait pas elle le regretterait. Elle le maudissait ce sentiment qui la forçait à agir contre sa volonté. Elle se laissait faire faute de trouver la moindre ressource pour le contrer. Elle était devenue une machine dont l'homme possédait la commande.

Souvent, en rentrant chez elle le soir, elle était encore télécommandée. Elle revenait sur ses deux années qu'elle avait tant voulu reléguer loin de sa mémoire. Plus les séances avançaient plus elle sortait de l'oubli volontaire ce qui aurait dû rester enfoui. Elle cherchait malgré elle dans ce qu'elle avait raconté une signification, un indice qui aurait pu augurer de la fin de son histoire avec Philippe. Elle ne l'avait encore jamais fait, effrayée par ce qu'elle aurait pu trouver. L'homme ne l'avait pas forcée à le faire. Il lui avait laissé la décision. Il lui en avait donné le prétexte. Ce n'était qu'à partir du moment où elle avait accepté qu'il s'était montré exigeant. Et c'était cette exigence qui l'aidait à avancer. C'est pourquoi elle retournait auprès de lui séance après séance.

Souvent, elle retrouvait dans sa mémoire l'image de Philippe, ça lui faisait toujours aussi mal. Devant l'homme, elle ne voyait rien toute à son récit et à son souci de ne rien oublier, comme si c'était de la première importance. Ça lui permettait de se mettre en retrait, derrière la conteuse, de laisser les mots faire leur chemin comme s'ils ne sortaient pas d'elle. Elle désincarnait les mots, elle leur donnait une signification neutre, précise, mais neutre. Elle parvenait à s'en détacher. C'était les mots d'une autre qu'elle apportait à l'homme sur un plateau.

Quand elle était seule, elle redevenait la femme amoureuse et si malheureuse. Philippe n'était plus le personnage qu'elle mettait en scène pour l'homme, mais celui qui l'avait rendue folle de lui l'avait abandonnée. Elle essayait aussi de voir Philippe sous le prisme de l'homme, quelle idée elle lui donnait de lui. Réussissait-elle bien à le lui représenter ? Elle ne savait pas s'il l'avait rencontré, s'il l'avait connu. Depuis tous ces jours, il devait avoir une image bien précise de Philippe, mais pour ce qui est de ce qu'il pensait, elle ne pouvait lui montrer que ce dont elle avait été témoin et elle faisait un bien piètre témoin, qui avait fermé les yeux la plupart du temps.

Elle le regardait muet, en face d'elle, anticipant ses révélations du jour. C'était obligatoire, irrémédiable. Elle n'avait pas envie de raconter, mais elle se forcerait pour lui, pour elle. Elle irait au-delà de son malaise, au-delà de sa fierté, au-delà de sa peine.

Il avait compris son humeur, son mal-être. Il attendait, persévérant, car, après tous ces jours, il savait qu'il suffisait d'être opiniâtre, elle parlerait encore et encore. Elle était sous sa coupe. À peine fronçait-il les sourcils et bougeait-il ses doigts, mais il restait impassible. Il était le maître, elle obéirait jusqu'au bout. Ils avaient tissé ce lien imperceptible et indéfectible dont lui seul connaissait l'origine. Il pourrait prendre son mal en patience, le temps ne comptait pas, il avait de quoi payer. Elle avait deux ans à raconter, ça pouvait durer des années. Et puis, c'était comme à la pêche, si on ne laisse pas de mou à la ligne, on ne ramène rien. Elle était ferrée.

15

Mardi 31 mars

Retour au bar Le Carillon

19 heures

Aujourd'hui, elle s'était faite belle. Elle ne savait pas pourquoi. Elle n'avait aucunement pour dessein de le séduire, elle avait seulement envie de lui paraître à son avantage. Elle avait ainsi l'impression de souligner sa personnalité qu'elle sentait niée par lui. Elle était une femme qui méritait qu'on s'intéresse à elle et non une gamine avec laquelle on joue.

- Aujourd'hui, je vous prierai de vous en tenir aux faits.

En quelques mots, il avait à nouveau fait d'elle un instrument de ses projets inconnus. Elle avait compris la leçon, elle ne devait pas s'étaler sur ses états d'âme, elle n'était pas payée pour ça. Comment raconter l'histoire sans parler d'elle ? Elle y avait participé, ce n'était pas seulement celle de Philippe. Même si elle n'était pas sûre qu'il ait vraiment fait partie de cette histoire. Il l'avait survolée sans jamais atterrir dedans. Elle le voyait très bien à présent. C'était elle et uniquement elle qui avait donné corps à cette relation. Elle ne pouvait donner que sa version à elle, c'était sa vérité qui avait bâti les rapports entre elle et Philippe. L'homme voulait connaître la version Philippe, elle ne pouvait pas lui livrer.

- Que s'est-il passé à l'issue de ces trois jours ?

- J'avais réussi à m'extraire du brouillard où stagnait mon vécu d'alors pour me plonger dans un nouveau manuscrit que je venais de recevoir quand la porte de mon bureau s'est ouverte.

Sans lever le nez de ma lecture, j'allais prier mon intrus de me laisser travailler. Surprise, j'ai entendu la voix de Philippe :

o Je te demande pardon de te déranger, je te demande pardon tout court.

Je l'ai regardé, il était pâle, les traits tirés comme s'il n'avait pas dormi depuis trois jours. Il était toujours aussi beau. J'étais reprise. Sans me demander la permission, il s'est affalé sur le fauteuil en face de moi. Je voyais ses longues jambes, son torse puissant, son visage si viril et je ne trouvais rien à dire. Il s'est tu un long moment, nous étions là à nous observer, les minutes passaient, tout s'était arrêté, une vraie scène de film intimiste. Il s'est enfin décidé.

     o   Pardon, j'ai besoin de toi.

Il aurait pu dire : je t'aime, j'ai été idiot, je ne recommencerai plus, c'était un loupé, je tiens à toi, je ne peux pas te perdre… Enfin, quelque chose comme ça ! Non, il avait simplement dit : pardon ! Pas de justification, même pas un début, on balaye tout d'un revers de main le seul mot de pardon suffit, tout le reste n'en vaut pas la peine. Et ce « j'ai besoin de toi ! » que voulait-il dire au juste ? Je savais que ce n'était pas matériellement qu'il avait besoin de moi, je ne pouvais imaginer en quoi je pouvais lui être utile. J'étais de plus en plus perdue avec lui. Est-ce que l'on dit « j'ai besoin de toi » à une femme qu'on aime quand on ne lui a jamais déclaré qu'on l'aimait ? J'avais peur de mal comprendre. Vous voyez ce que je veux dire.

-     Non pas vraiment.

\- Besoin primaire de trouver de quoi assouvir ses pulsions sexuelles. Je le soupçonnais d'être assez cruel, assez égoïste pour m'asséner cette triste vérité. Un reste de colère m'animait toujours. J'hésitais à le faire préciser. J'ai fini par lui demander :

o Tu as besoin de moi, pour quoi ?

o Je ne peux pas te le dire, non pas que je refuse de le dire, mais parce que je ne sais pas comment l'exprimer.

o Tu es pourtant un auteur maintenant reconnu, tu es vraiment capable de manier les mots.

o Je sais manier les mots quand je sais ce que je désire formuler, quand j'ai une connaissance très claire de ce que je veux signifier.

o Parce que là, tu ne sais pas pourquoi tu as besoin de moi.

o C'est exactement ça !

o Et tu ignores pourquoi tu t'es comporté avec moi de cette

façon la dernière fois que l'on s'est vu.

o   C'est ça !

o   Je n'y comprends rien.

o   Veux-tu bien quand même donner une suite à notre relation ?

Je te promets de faire attention.

Je doutais de cette promesse, mais le voir là, devant moi, si beau, complètement confus, je perdais tout jugement et toute volonté. Je n'avais plus qu'une seule envie, me blottir dans ses bras. Cependant, je ne voulais pas m'avouer vaincue, j'avais ma fierté et elle avait été plutôt malmenée.

o   Je demande à réfléchir.

Il s'est levé.

o   Je te rappelle demain !

Et il est parti avant que j'aie eu le temps de réagir. Il n'avait pas tenté de raccourcir le délai de réflexion, il n'avait pas supplié, il n'avait pas réitéré son pardon. J'étais restée sur ma surprise. J'allais le revoir, c'était certain et j'étais heureuse, mais au fond de moi, j'étais effrayée par l'avenir. Qu'allions-nous devenir, qu'allais-je devenir ? Cet homme était pour moi un défi permanent. On dit que l'amour est aveugle, je n'étais pas tout à fait juste un peu myope. Si une peur incompréhensible teintait ma joie de le savoir de retour dans ma vie, je ne m'en passerais pas. Jusque-là, je n'avais pu anticiper aucune de ses réactions, a posteriori, je n'avais pas d'explication. Je n'étais sûre que d'une seule chose : je l'aimais, mais j'étais peut-être la seule.

Le lendemain, comme promis, il me rappelait pour m'inviter au restaurant. Je n'espérais pas à ce qu'il revienne sur de sa conduite ni qu'il me demande encore pardon, il ne l'a pas fait. Nous avons parlé de tout et de rien, nous avons ri, plaisanté, commenté l'actualité, nos lectures. Il n'a abordé aucun sujet personnel, moi non plus. On se serait cru à un Speed Dating qui aurait duré. J'attendais la fin de la soirée avec impatience, curieuse du dénouement.

Quelle déception quand il m'a annoncé :

- o Je vais te laisser, je suis en pleine écriture de mon nouveau roman, je dois me lever de bonne heure.

Il m'a embrassée, un peu plus amoureusement toutefois, puis il m'a plantée devant ma porte. Il avait dit avoir besoin de moi ! Une soirée comme celle-là, il aurait pu la passer avec n'importe quelle amie, voire une inconnue. Le mystère s'épaississait. Il avait eu l'air gêné en m'abandonnant, comme s'il fuyait. En le voyant s'éloigner, il ne s'est pas retourné, je savais qu'il me ferait beaucoup souffrir, mais que j'irais jusqu'au bout. Ce serait lui qui me quitterait. Était-ce bien une relation amoureuse ? Je n'en étais plus si sûre.

- J'ai du mal à comprendre votre attitude.

Tiens, tiens, il s'intéressait tout à coup à elle. Mais elle n'allait pas en tenir compte, il était un peu tard pour ça. Il avait du mal à la comprendre. C'est lui qui disait ça, alors qu'elle n'avait aucune idée de ce qui l'avait amené à la solliciter pour un but qu'il ne lui avait jamais révélé. Elle ne connaissait rien de lui et il se comportait en tyran avec elle. La colère montait en elle, mais elle ne lui montrerait pas.

- C'est normal, je ne me comprenais pas moi-même.

- Merci, mademoiselle.

Enveloppe, départ.

16

En imaginant tout le temps qu'il lui faudrait pour aller jusqu'au bout de sa narration, elle en avait le vertige. Elle devait encore passer des heures avec cet homme. « Je vais devenir folle », pensait-elle ! « On ne peut se laisser ainsi dépouiller de son intimité au fil des jours ».

Pour l'instant, elle n'en était qu'aux prémisses, un jour viendrait où ce qu'elle aurait à raconter serait du domaine de l'indicible. Aurait-elle le courage de poser en mot tout ce qu'elle se refusait à envisager, tout ce qu'elle avait occulté, tous les détails qu'elle avait préféré ne pas interpréter ? Elle allait devoir se mettre à vif.

Bah, elle verrait bien. Elle ne comptait pas mettre un terme à tout ça. C'était plus fort qu'elle. Elle considérait comme ceux qui éprouvent du plaisir dans la douleur. On a du mal à les comprendre, mais c'est un fait. Elle se surprenait à avoir hâte qu'il la rappelle, hâte d'arriver au nœud de l'histoire, hâte aussi d'en finir.

Toute sa vie à présent était occupée à penser à ces années avec Philippe et au récit qu'elle en faisait à l'homme. Il n'y avait plus de place pour autre chose, seul son travail la distrayait encore, mais il tenait de moins en moins de place. Elle devait lutter pour être efficace. Elle y parvenait, mais c'était dur. C'était un répit, une pause dans ce qui l'obnubilait. Lorsqu'elle se plongeait dans un manuscrit, elle était loin des salons d'hôtel, des bars chics. Elle était surtout hors de portée de l'homme.

Elle avait parfois des sursauts de rébellion, elle tentait de se reprendre, de se donner un but qu'elle inventait : rencontrer un homme qui l'aimerait, retrouver la joie de vivre, l'insouciance. Elle échapperait à cette addiction.

Mais ces tentatives se faisaient de plus en plus rares. Quand elle avait la date, l'heure et le lieu du rendez-vous, elle se remettait aussitôt à avoir peur, mais aussi à respirer. Elle ne craignait pas qu'il renonce avant la fin de l'histoire, mais elle était soulagée, elle savait qu'il l'attendrait.

Jamais elle n'anticipait, elle laissait venir. Elle pensait tout le temps à ce qu'elle avait déjà dit, jamais à ce qu'elle dirait. Elle ne voulait en aucun cas être active, il fallait que les mots coulent d'elle en temps et en heure sans qu'elle les ait provoqués. Elle n'assumerait pas ce qui allait arriver, elle ignorait quoi, elle ne souhaitait pas en être l'artisan, elle devinait que ce serait terrible.

Parfois, elle avait peur des mots, elle n'était pas sûre qu'ils expriment ce qu'elle sentait vraiment. Elle peinait à les chercher à les débusquer dans le fond de sa mémoire. D'autres fois, ce sont eux qui la guidaient en ouvrant la voie vers des souvenirs qu'elle avait oubliés. Les mots étaient le ciment de sa relation avec cet homme. À ce titre, ils étaient importants et elle devait se méfier des significations qu'ils pourraient prendre. Elle lui donnait, mais elle ne savait pas comment il les recevait. S'il avait été plus bavard qu'il fasse des commentaires, elle aurait pu en avoir une idée, mais elle était la seule à faire le travail.

17

Mardi 15 avril.

Bar Royal

19 heures

C'était chaque fois un lieu différent, elle se demandait bien pourquoi. Il ne voulait pas être vu avec elle ? Il n'y avait jamais un geste équivoque entre eux, ils ne se serraient même pas la main. Elle ne pensait pas qu'il soit marié, il ne portait pas d'alliance. Pourquoi ces changements ? De qui se cachait-il ? Ou alors c'était pour la déstabiliser. Cela accentuait le mystère.

- Vous imaginez ce que c'est de ne plus savoir où l'on est, ne plus se rendre compte de ce que l'on fait, tout juste comment on s'appelle ? Je parcourais tous ces états : s'il m'a recontactée, c'est qu'il m'aime, il ne peut pas en être autrement, s'il a encore envie de passer du temps avec moi, c'est que je suis importante à ses yeux. Il y a d'autres femmes, bien plus jolies que moi, il doit en rencontrer lors de ses séances de dédicaces. Il est vrai que son livre ne fait pas un carton, trop intellectuel pour les lectrices de romans sentimentaux et pas assez pour les amateurs de fond et de style innovant. Il se vendait quand même, et il était invité à des soirées. Je ne l'ignorais pas. Je n'y allais jamais quand je pouvais l'éviter. Je détestais le voir au milieu de jolies jeunes femmes qui buvaient ses paroles. Car, dans ces soirées, il ne faisait pas attention à moi. Ce n'est pas tout à fait ce que je voulais dire. Il n'était pas totalement indifférent, il venait me parler, il pouvait solliciter mon avis, tout simplement il ne se conduisait pas comme si nous étions en couple. J'étais jalouse et je me sentais rejetée.

- Revenez à cette soirée où il vous a laissée sur le trottoir, soi-disant pour aller écrire.

Encore un rappel à l'ordre : je n'en ai rien à faire de ce que vous pensiez ou non. Elle devait se le tenir pour dit. Contrariée, mais docile, elle reprenait.

- Après m'avoir plantée sur le trottoir, il m'a fait mariner deux jours. Je passais par tous les états, de la sombre dépression – je ne m'en remettrai jamais s'il me quitte – à la colère qui m'enjoignait de l'envoyer balader dès qu'il se manifesterait à nouveau. J'étais trop vieille pour ce genre de montagnes russes, il ne m'y reprendrait plus. Je n'étais pas à sa disposition quand monsieur daignait me sonner. Il n'était qu'un effroyable égoïste, il ne pensait qu'à lui et me traitait en objet. C'était quand il voulait comme il voulait et je devais me soumettre. C'était intolérable.

Oui, mais j'étais trop amoureuse de lui pour laisser filer une occasion de le voir. Je savais très bien ce que je devais faire : le mettre au pied du mur, soit il m'aimait et nous passions beaucoup de temps ensemble, y compris la nuit, soit il avait seulement besoin de moi quand il le désirait et comme bon lui semblait, dans ce cas, je n'avais rien d'une âme charitable et je le priais d'aller chercher ailleurs. Sans être vraiment égoïste, je prétendais retirer ma part de bonheur.

Et même de plaisir dans notre relation.

En aurais-je le courage ? Je découvrais une face de moi qui m'était inconnue.

J'avais tout de la femme soumise, ce que j'aurais haï quelques mois plus tôt.

Elle le voit immédiatement reprendre son air désapprobateur. Elle parle trop d'elle. Tant pis, elle s'en moque. S'il veut connaître la fin de l'histoire, il devra en passer par là. Elle serait incapable de raconter autrement. Elle ne tient pas compte du regard courroucé qu'il lui adresse et elle continue sur sa lancée.

-       J'ai quand même trouvé le courage de dire non quand il m'a rappelée. Je sais, j'aurais pu lui dire : à quoi bon encore une soirée ensemble au restaurant ou au spectacle si c'est pour rentrer seule chez moi. J'ai envie, j'ai besoin d'autre chose. Nous ne sommes plus des lycéens flirteurs, nous sommes des adultes libres et demandeurs, du moins en ce qui me concerne. S'il y a un problème pour toi, tu ferais mieux de m'en parler et qu'on en reste là.

Mais je n'ai rien dit de tout ça, j'ai simplement prétexté un dîner chez des parents, prévu depuis longtemps. Il n'a même pas eu la politesse de montrer un peu de déception, il a encore moins insisté. Il a seulement reporté le rendez-vous à

97

deux jours plus tard. Comme si ce n'était pas très important. J'essayais en vain d'interpréter ses attitudes. Amoureuse, j'aurais voulu le voir très souvent, faire l'amour avec lui autant que possible et je ne faisais qu'attendre qu'il me fasse signe et espérer qu'il s'intéresse à mon corps. Nous n'avions fait l'amour qu'une seule fois si on peut appeler ça faire l'amour. Quand j'étais près de lui, j'avais du mal à penser à autre chose. J'aspirais surtout à pouvoir effacer le souvenir de ces premiers ébats, car je ne doutais pas qu'ils puissent être tout autres ; c'était insupportable. J'étais persuadée qu'il me cachait quelque chose. J'ai tout imaginé : une femme, des enfants, une vieille maîtresse, une maladie grave, une tare. Je ne pouvais croire qu'un homme jeune, libre, en parfaite santé se comporte avec moi de cette façon. Puis je me disais que c'était moi qui induisais sa conduite, je ne voyais pas comment. Je n'avais posé aucune condition qui puisse le contraindre. J'acquiesçais à tout ce qu'il demandait, je m'étais mise en retrait ce qui n'était pas dans mes habitudes et était bien la preuve que mon amour pour lui était profond.

Bon Dieu ! Que cherchait-il ? Si j'avais eu le courage de lui faire cracher ce qu'il avait sur le cœur. Je ne l'ai jamais eu. J'avais trop peur, il m'était devenu indispensable, essentiel à ma vie, le perdre aurait été une tragédie. Alors, je remballais tous mes pourquoi, mes comment et j'attendais le bon vouloir de monsieur qui savait par ailleurs être si charmant et attachant, mais surtout déconcertant. Quand il me regardait avec ses yeux ce chiot fidèle, je fondais littéralement. Il avait quelque chose qui aurait attendri une pierre.

Je m'étais promis, pour notre prochain rendez-vous de jouer à la femme fatale et qu'il finirait dans mon lit. Pas de tenue sexy, mais une robe qui m'allait à ravir et qui soulignait avantageusement mes formes. J'allais sortir aussi tout ce que je possédais de charme, ni trop ni trop peu. Il ne fallait pas le faire fuir. À part la robe, il ne restait rien de mes résolutions quand il a été devant moi.

C'était soirée théâtre, une pièce très cotée. Pendant le spectacle, il a pris ma main. J'essayais de me concentrer sur le jeu des acteurs. Je ne pensais qu'à après. Il était impossible qu'il me plante encore. Je regardais son profil, il semblait absorbé par la pièce. J'étais bien au-delà de ce qui se passait sur scène. Je ne supporterais pas d'être abandonnée une seconde fois. Je tremblais quand nous sommes sortis du théâtre. Il est allé chercher sa voiture garée quelques rues plus loin. Il pleuvait, je l'ai attendu à l'abri. J'étais effrayée à l'idée qu'il ne revienne pas. C'était idiot, je ne parvenais pas à lui faire confiance.

Il est revenu, je suis montée à ses côtés, je le sentais tendu. Je parlais de la pièce, du moins ce que j'en avais compris trop occupée par mes pensées. Il me répondait sans mettre beaucoup d'enthousiasme. C'était pourtant lui qui l'avait choisie, il avait prétendu en sortant l'avoir beaucoup aimée. J'étais toujours aussi indécise quant à la ligne à tenir face à son comportement. Il conduisait prudemment, brusquement comme s'il passait ses nerfs sur la mécanique. C'était la première fois que je montais avec lui en voiture, je ne pouvais pas savoir si c'était sa conduite habituelle. J'appréhendais le moment où il s'arrêterait devant chez moi. Allait-il redémarrer dès que je serais sortie de la voiture ? À mon grand soulagement, il a coupé le moteur et il est descendu lui aussi. Il m'a suivie. J'ai ouvert la porte la peur au ventre, cette fois, je ne le laisserais pas faire, de ça j'en étais certaine. J'avais vu de quoi il était capable la dernière fois, il ne me prendrait plus au dépourvu. Je garderais la direction des opérations si c'était nécessaire, nous ferions l'amour comme des gens qui s'aiment et qui partagent.

-       C'est bien, à la prochaine fois.

L'heure était passée. Elle soupçonnait l'homme d'attendre la suite avec impatience, mais une heure, c'était une heure, il respectait strictement leur accord. Étrange aussi, elle n'en était pas à une heure près, elle aurait pu continuer. Pourquoi voulait-il qu'elle s'arrête ? Si elle l'avait mieux regardé, elle y aurait vu dans ses yeux une sorte de désespoir. Désespoir est peut-être un mot trop fort, peur serait plus juste. Il redoutait ce qu'elle allait dire. Il l'avait exigé la vérité, mais il avait du mal à la supporter.

Enveloppe, départ.

18

Le strip-tease mental continue. Elle a eu la curiosité de taper le nom de l'homme sur un moteur de recherche. Elle ne l'avait pas fait plus tôt, car elle avait peur de ce qu'elle trouverait. Elle commençait à s'habituer à lui, elle avait besoin d'en savoir plus.

Honoré Daumier, elle se demandait s'il ne s'était pas moqué d'elle. Il avait aussi bien pu lui donner un nom qui n'était pas le sien pour garder encore plus l'anonymat. Elle était tombée immédiatement sur un nombre incalculable de pages consacrées à l'illustrateur. Quand enfin, elle l'avait trouvé, elle avait été déçue. Il était patron d'une grande entreprise de construction spécialisée dans les d'immeubles de bureaux. Entreprise très florissante qui travaillait aussi à l'internationale, ce qui expliquait son aisance financière. Elle n'avait absolument rien découvert sur sa vie personnelle ni sur ses études. Il n'était pas sur les réseaux sociaux, pas même les réseaux professionnels, elle avait tout épluché. Sur la toile, c'était un fantôme. Cet homme restait un mystère pour elle. Elle avait trouvé quelques rares photos de lui, à des inaugurations, à des signatures de contrats avec des élus locaux dans des coupures de journaux. Plus jeune, il était très beau. Un peu plus petit que Philippe, un peu plus mince, tiré à quatre épingles. Et toujours cet air sérieux presque triste, comme s'il n'avait jamais été heureux dans sa vie.

Il lui était devenu familier. Elle n'avait pas tiré une trentaine de phrases de lui depuis qu'elle avait commencé à parler, mais elle avait le sentiment qu'elle le connaissait depuis des années et que le pouvoir qu'il avait sur elle, il l'avait toujours eu. Une raison mystérieuse avait créé un lien entre eux. Le lien était aussi étrange que l'homme. Il devait avoir fait partie de sa vie bien avant qu'il ne la découvre derrière sa plante verte. Tout était lié à Philippe. Il lui avait parlé d'elle sans doute. Il la connaissait, elle espérait qu'il lui expliquerait un jour. Et qu'est-ce qui faisait qu'elle ait ce sentiment qu'ils étaient plus proches que des inconnus qui s'entretiennent chaque mois, dans des endroits différents et du même sujet ? S'il l'avait fréquent, il ne l'avait jamais mentionné, à moins qu'elle n'ait pas fait attention. Elle en aurait été étonnée, elle buvait chacune de ses paroles, toujours à l'affût d'apprendre quelque chose sur son homme.

À le voir, en face d'elle tandis qu'elle racontait, elle avait fini par le considérer, non pas comme un parent, mais une ombre à qui on s'adresse quand on est seul et qui vous accompagne tout au long de la journée. Un alter ego en quelque sorte. Elle était de moins en moins gênée. Il y avait toujours ce relent de peur devant cette situation incongrue, elle parvenait à l'écarter. Elle parlait avec de moins en moins de retenue. Elle commençait à lui faire confiance et c'était nouveau pour elle. Elle ne se sentait ni jugée ni plainte. Elle ne lui était plus aussi indifférente qu'au début, c'était évident.

Il paraissait s'assouplir, il était moins souvent impatient quand elle en venait à elle, il ne la coupait plus si sèchement. Ils s'habituaient l'un à l'autre.

Elle avait voulu lui dire un jour qu'il n'avait plus besoin de la payer, elle l'avait déjà été bien assez comme ça, il avait refusé catégoriquement. Si elle devait le voir encore longtemps, la somme qu'elle aurait reçue serait devenue indécente.

Elle se disait que c'était bien la première fois que le client d'une psychothérapie serait rémunéré. Car, au fil du temps, ces entrevues relevaient d'une sorte de psychothérapie. Elle n'avait jamais été en thérapie, elle imaginait que c'était comme ça. Sauf qu'elle n'était pas couchée sur un divan. L'homme n'était pas plus bavard qu'un psychothérapeute. Elle n'avait pas la liberté de parler de tout ce qui lui passait par la tête, mais tant qu'elle restait dans le sujet, elle pouvait tout dire. Ça ressemblait vraiment à une analyse.

19

Mardi 28 avril

Bar à vin, rue du Mont

19 heures

Elle sentait que ce jour-là, tout se jouait. Elle appréhendait. Le bar était plus petit, ils étaient dans un coin reculé, elle entendait le brouhaha des clients. Elle s'appliquait à s'extraire de son entourage. Avait-il choisi l'endroit sachant que ce qu'elle avait à dire serait de plus en plus gênant ? Désirait-il la mettre mal à l'aise ou la rassurer en étant près d'autres personnes ? Elle ne se sentirait pas seule avec lui. Elle n'aurait pas la réponse. Elle parlait à voix basse.

-        Il vous a suivie chez vous.

-        C'est ça, j'étais très indécise quant à l'attitude à adopter. Je ne voulais pas le laisser faire de crainte de me retrouver dans la même situation que la dernière fois, j'espérais ne pas devoir prendre la direction des opérations. Comme à chaque fois, avec

Philippe, j'oubliais toutes les bonnes résolutions que j'avais envisagées.

J'ai vu tout de suite qu'il était gêné, je devais détendre l'atmosphère. Rien de mieux pour ça que l'alcool. Je n'étais pas non plus à mon aise, j'avais une envie folle qu'il me serre dans ses bras, un besoin irrésistible qu'il me fasse l'amour, mais j'avais très peur d'être à nouveau en état de frustration après un assaut rapide et pas efficace. Si c'était le cas, ce serait la dernière fois et je n'étais pas encore capable de renoncer à lui.

J'ai ouvert la porte du salon, je lui ai fait signe de s'asseoir et je suis allée chercher une bouteille de vin et deux verres. Il s'est assis et quand je suis revenue, il n'avait pas bougé. J'ai rempli les deux verres, je lui en ai tendu un et, l'autre en main, je suis allée me poser à côté de lui sur le canapé. Il s'est mis à parler, je ne sais plus très bien de quoi, mais ça n'avait aucun rapport avec nous. Je commençais à m'impatienter. Je n'avais pas envie de bavarder. Il a fini par se rendre compte que je ne répondais pas, il s'est arrêté net. Il sirotait son vin en silence, c'était devenu insupportable pour moi.

Qu'avait-il donc ? La dernière fois, il s'était précipité sur moi sans crier gare et cette fois il jouait au puceau qui n'a jamais touché une femme. Je ne comprenais rien à son attitude. Je pensais qu'il était honteux, qu'il ne savait pas très bien comment se faire pardonner, qu'il avait peur de mes réactions. J'ai posé mon verre sur la table basse, j'ai retiré le sien de ses mains et je me suis rapprochée de lui à le frôler. Qu'il comprenne que je ne lui en voulais plus. Il ne s'était pas raidi à mon contact, c'était déjà ça.

Je n'avais jamais eu besoin, jusque-là, d'aller chercher un homme, je m'étais toujours contentée de me laisser faire. Même les plus maladroits étaient parvenus à m'entraîner dans leur lit sans que j'y mette du mien. Je lui ai dit :

   o Si tu ne te sens pas bien avec moi, tu peux me le dire, je ne t'en voudrai pas, je préfère le savoir.

   o Je suis très bien avec toi.

Ses yeux exprimaient le contraire. Il me semblait y lire de la peur. Je trouvais ça ridicule, je pensais que je me trompais. Mais s'il était bien pourquoi ne le montrait-il pas ?

○   Alors, qu'est-ce qui ne va pas ?

Il n'a pas répondu, il s'est penché vers moi et il m'a embrassée. Je sentais qu'il y mettait plus d'application que de passion. Je ne voulais pas gâcher cet instant. Il m'embrassait et j'étais sur le point de l'amener là où je désirais.

○   Je ne te demande pas de m'aimer ni de me promettre que tu ne me quitteras jamais. Tu peux juste passer un bon moment avec moi. Tu peux te détendre et te laisser aller.

Je n'aurais jamais pu lui dire ce que je ressentais réellement pour lui. Je ne voulais pas l'effrayer par la force de cet amour qui m'entraînait vers lui et que je contrôlais de plus en plus difficilement.

○   Je n'ai pas l'intention d'envahir ton existence. Ne crains rien de moi.

o   Je ne crains rien !

Il avait passé ses bras autour de moi, il me serrait comme si sa vie en dépendait, je me sentais bien, mais j'avais hâte qu'on en arrive à l'étape suivante. J'ai pris l'initiative de l'embrasser à mon tour et tout est venu progressivement. Nous nous sommes retrouvés, nus dans mon lit. Chacun s'était déshabillé. Il n'avait toujours pas dit grand-chose et je n'étais pas rassurée. Il maîtrisait certainement sa fougue, je ne peux pas dire que ça a été merveilleux. J'ai trouvé le temps de l'action bien court, mais j'y ai éprouvé du plaisir.

- C'est tout ?

- Je ne vais tout de même pas vous faire le compte des caresses, il y en a eu si vous voulez vraiment le savoir. J'ai connu de meilleurs amants, mais c'était l'homme que j'aimais.

- Et lui, comment était-il après l'acte ? Vous a-t-il parlé ?

- Non, il restait là, silencieux. On aurait dit qu'il avait l'esprit ailleurs. Je lui ai demandé s'il était bien. Il m'a répondu que oui.

- Et vous, vous le sentiez bien ?

-   C'est difficile à dire. Il m'a embrassée, mais il n'a pas fait mine de réitérer. Je suis simplement restée dans ses bras, j'étais bien. C'était l'homme que j'aimais et, là, il était à moi. L'avenir m'importait peu, je pensais qu'il m'était quand même attaché. Il n'a pas souhaité passer la nuit avec moi. C'était pourtant mon vœu le plus cher. Mais c'était déjà bien comme ça, une prochaine fois, peut-être.

Lui laisser le temps, je sentais que je ne gagnerais rien à m'imposer. J'avais ce que je voulais : lui, le reste pouvait attendre. Il allait s'améliorer. Je n'en doutais pas.

Lorsqu'il m'a quittée, il semblait préoccupé, je ne pensais pas que c'était dû à ce que nous venions de vivre. Je connais bien les auteurs, je sais qu'ils sont très compliqués, tout peut leur être source d'inquiétude. Il m'avait dit être dans une phrase clé de son roman, il ne devait plus avoir que ça en tête. Pas très agréable de passer après, mais je devais m'en contenter.

Il a déposé un petit baiser sur le bout de mon nez, s'est rhabillé puis il est parti. Je pouvais encore sentir son odeur sur l'oreiller, dans les draps. Je me suis endormie, heureuse. Je me rends compte aujourd'hui que j'aurais pu me poser des questions, mais on sait tous qu'une femme amoureuse est dotée de solides œillères et amoureuse je l'étais de plus en plus. Je ne pensais plus qu'à lui, qu'à son corps magnifique qui était tout ce que je pouvais rêver de mieux. Je ne souhaitais pas revenir sur son silence obstiné quant à tout ce qui touchait notre relation intime, je refusais de considérer son manque de passion. Il manifestait du plaisir d'être avec moi-même s'il le témoignait plus à l'extérieur qu'entre les murs de mon appartement, il recherchait ma compagnie, pas aussi souvent que je l'aurais aimé, mais le fait était là. Je ne voulais rien analyser, je préférais profiter de lui, de sa présence, de sa personne et de son esprit, c'était tout. Dès qu'il m'a quittée, je lui ai envoyé un texto :

« C'était bien, merci, ne m'oublie pas. »

J'ai attendu longtemps sa réponse. Elle m'est parvenue, deux heures après :

« Je ne t'oublie pas. »

Je dormais déjà, je ne l'ai lue que le lendemain matin. C'était vague, un peu sec, mais c'était précieux pour moi.

Ça faisait plus d'une heure qu'elle parlait. Il ne l'avait pas interrompue. Il lui sembla qu'un voile de tristesse était tombé sur son regard perçant. Il n'était pas contrarié. Elle s'était tue, elle attendait qu'il donne le signal du départ. Il eut un geste de la main qu'elle ne parvenait pas à interpréter. Il se reprit.

-    Merci.

Sans en dire plus, il lui tendit l'enveloppe habituelle. Il ne se levait toujours pas. Elle quitta le bar avant lui. Il avait du mal à retrouver le cours des choses. Elle avait presque de la peine pour lui sans trop bien savoir pourquoi.

20

Lors de la dernière séance, elle avait aperçu une faille dans l'homme ; cet homme qui était l'autoritarisme même, qui respirait la maîtrise de soi lui avait laissé entrevoir une fêlure. Il avait oublié, une fraction de seconde la cuirasse dont il était revêtu. Il n'avait rien dit, n'avait rien montré, elle l'avait senti. Conscience fugitive, l'expression avait disparu aussi vite qu'elle était venue ne déposant au fond de ses yeux que ce léger voile qu'elle connaissait. Comment se faisait-il qu'elle ait l'impression de ressentir ce qui se passait en lui ? C'était au moment où elle avait abordé la scène de sexe qu'elle avait vu traverser cette lueur furtive dans son regard. De la colère, de la gêne ? Elle n'aurait pas pu définir ce qu'elle avait vu, mais elle était certaine qu'il avait été atteint.

Elle avait cru percevoir lorsqu'elle parlait une sorte de complicité. Elle avait pensé avoir rêvé. Et puis que lui importait l'homme, elle avait déjà fort à faire avec ses propres sentiments.

Au fur et à mesure qu'elle soufflait sur les braises par encore éteintes de son amour, elle entrevoyait tout ce qu'elle n'avait jamais voulu accepter. Elle cherchait une réponse ou à défaut des indices qui lui auraient permis de comprendre ce qui s'était passé. Si elle n'avait pas oublié Philippe, s'il lui restait de l'amour pour lui tout au fond du cœur, elle était prête à reconsidérer le tout, à l'examiner à la loupe. Ce n'était pas pour rien qu'elle avait acquiescé à la proposition de l'homme. Elle n'en avait pas eu conscience tout de suite, mais elle sentait venir au fil de son récit les motivations qui l'avaient amenée là. Elle égrenait ses souvenirs, mais elle ne faisait pas que ça. Elle essayait tout simplement de raisonner avec l'aide de l'homme. Il ne disait rien, il l'écoutait et comme un miroir, il lui renvoyait ses mots ce qui lui permettait de progresser, cependant elle était encore loin de la limpidité.

Ce que l'homme avait fait en l'obligeant à ordonner, à mettre en scène avec le plus de précision possible ce qui s'était réellement passé, allait la mener, petit à petit, à la clarté, à la compréhension.

Elle ne s'expliquait toujours pas ce que son récit apportait à son auditeur, elle le découvrirait peut-être un jour, pour l'instant, elle s'en moquait. Elle ne faisait plus que se parler à elle-même. Par moments, elle ne le voyait plus, elle était seule face à elle-même. Elle allait son petit chemin ignorant où il déboucherait, elle sentait confusément qu'il la mènerait au but. C'est pourquoi elle avait été surprise d'apercevoir une ouverture imperceptible entre l'homme et elle, imperceptible, mais qui annonçait quelque chose. Elle n'était pas pressée de savoir ce que c'était, elle avait tout le temps de le découvrir. Dans cette aventure, la patience était de mise.

Il y avait aussi cette étrange satisfaction qu'elle éprouvait à lui parler. Alors, elle avait l'impression de se délester d'un fardeau qu'elle était trop faible pour porter. Il la soulageait par son écoute. À trop garder enfouis les doutes, les interrogations, les colères et les regrets, elle avait fini par s'épuiser. Elle ne se sentait pas vide à l'intérieur, mais a au contraire si pleine que rien ne pouvait plus y entrer. Elle avait enfin l'occasion de faire du vide pour laisser entrer un nouveau courant de vie. Elle pouvait tout déverser en lui et ça lui faisait un bien fou. Elle appréciait ce grand déballage à sa juste valeur. Ce qu'elle n'aurait pu avouer à personne : sa faiblesse devant Philippe, sa honte d'avoir été traitée de la sorte, elle n'éprouvait aucune crainte à le déverser devant lui. Elle se moquait de ce qu'il pourrait en faire, de son jugement s'il en avait un. Il lui était totalement étranger et c'était très bien ainsi. Il l'avait sollicité, elle ne l'avait pas désigné comme dépositaire. Il avait cette capacité de tout accepter sans rien objecter, sans rien remettre en cause et ça la rassurait. Elle était libre de sa parole.

Quelquefois, elle s'était demandé s'il l'écoutait vraiment, son silence l'intriguait, mais il avait toujours une question à poser, une précision à imposer qui lui permettait de voir qu'il suivait et surtout qu'il était intéressé par ses propos.

21

Mardi 12 avril

Hôtel Miramar

19 heures

Il n'y avait plus d'hésitation entre eux, tout avait été réglé une bonne fois pour toutes. Pas de politesses, un rituel immuable. Elle attaquait d'entrée.

- Notre relation bien que chaotique prit un tour plus régulier. Il y avait encore de longues périodes pendant lesquelles Philippe ne m'appelait pas. Je mettais ça sur le compte de son travail qui avançait trop lentement à son goût, disait-il. Je rongeais mon frein, mais, fidèle à ma promesse je me faisais toujours aussi discrète. J'attendais. Le temps qui passait me réconfortait. Je mourrais d'envie, certains jours de le faire, rien que pour entendre le son de sa voix qui me manquait si terriblement, je vivais les yeux fixés sur mon téléphone portable redoutant de rater son appel, son message. Pour me faire patienter, je suppose, il m'envoyait de temps en temps un SMS, laconique, mais qui maintenait l'espoir chez moi. Lorsqu'enfin, il sortait de son silence, il revenait comme s'il m'avait quittée la veille, il me fixait un rendez-vous auquel j'accourais. J'étais toujours libre pour lui, à part mon travail, il n'y avait que lui dans ma vie. Il était heureux de me retrouver, je le voyais à son sourire. Je me coulais dedans et j'avais aussitôt chaud partout. J'oubliais instantanément les jours d'attente. Il était là, c'était bien. Il me parlait de son roman, me demandait des conseils. Il était joyeux, léger, il m'emmenait dans de beaux endroits, me complimentait sur mes tenues, me répétait que j'étais belle, me redisait son admiration pour ma culture et surtout, il me faisait rire. Avec lui, j'étais au paradis. Il ne parlait toujours pas de sentiments. Il ne m'avait jamais dit qu'il m'aimait, il prétendait qu'il était bien avec moi, qu'il avait besoin de moi, jamais qu'il m'aimait. Je ne lui avais jamais dit non plus que je l'aimais comme une folle, je ne lui avais jamais dit ce qu'il représentait pour moi, le manque que j'avais de lui quand il disparaissait des jours entiers, l'espoir que nous pourrions vivre ensemble. Je gardais tout ça pour moi ; je me sentais vivante lorsque j'étais auprès de lui, je n'avais qu'une peur, celle de tout gâcher, je pressentais que notre relation était encore très fragile.

Nous sortions ensemble, mais nous ne rentrions pas ensemble à chaque fois. Je ne m'y habituais pas, j'avais toujours envie de lui. Quelquefois, il ne se donnait pas la peine de trouver une explication, les autres fois, il avait à faire, à travailler. Il m'embrassait et s'en allait, je rentrais seule chez moi, déçue en manque et il m'arrivait très souvent de pleurer. Je déversais ma colère, ma frustration dans le vide, je l'insultais, je prenais la ferme résolution de tout arrêter. Je sautais sur mon téléphone pour lui envoyer un message, lui expliquer que ce n'était plus possible, que je préférais l'oublier. Je tapais le texte, ça me faisait du bien, je ne l'envoyais jamais. Je ne pouvais pas, c'était plus fort que moi. Plutôt souffrir encore de ses absences, de son insouciance à mon égard, de son égoïsme, tout plutôt que son départ sans retour. Il m'était devenu indispensable. Je ne pouvais plus vivre sans lui. Il était hors de ma portée la plupart du temps, mais j'avais l'espoir de le voir. Lorsqu'il se décidait à prolonger la soirée, je respirais. Ce n'était pas toujours les feux d'artifice du quatorze juillet. Il faisait des progrès, il prenait le temps pour me permettre de trouver mon plaisir, malgré tout je sentais en lui une certaine retenue. Il n'avait rien de l'amant fougueux, heureux d'être là et qui me l'aurait prouvé par ses prouesses. Tout était dans la mesure. J'étais prête à tout accepter de lui. Tant pis si ma passion n'était pas partagée, je saurais me contenter de ce qu'il me donnait. Je ne renoncerais jamais à lui, c'était une évidence. Lorsque je sentais son grand corps sur le mien, que je l'avais en moi, j'étais heureuse. Je fermais les yeux et j'essayais de me dire que c'était pour toujours. J'imaginais tout ce qu'il ne me disait pas et que je voulais qu'il pense. Je pouvais très bien aimer pour deux s'il consentait à être avec moi de temps en temps. Je le voyais si beau, je me trouvais chanceuse et pleine d'espoir. Je tentais de mettre de côté ces moments-là pour quand il se lèverait, qu'il se rhabillerait rapidement, poserait un petit baiser sur mon front ou mon nez et disparaîtrait à nouveau sans que je sache pour combien de temps.

- Vos ébats étaient-ils toujours décevants ?

- On ne peut pas dire ça. J'étais plus passionnée que lui et j'aurais aimé qu'il le soit plus. Il faisait tout son possible pour me donner du plaisir. Il progressait dans sa connaissance de mon corps. Je me demandais parfois comment il pouvait avoir si peu notions de l'anatomie féminine, c'était comme s'il n'avait jamais touché de femmes. Ce que j'avais du mal à croire en le voyant si charmant et expansif auprès de ses lectrices. C'est seulement lui qui, à mon sens, n'était pas toujours satisfait.

- Que voulez-vous dire ? Il n'assurait pas, il ne jouissait pas ?

- Si. Il agissait comme un homme normalement constitué si c'est ce qui vous tracasse. Il répondait à mon désir et à mes caresses qu'il acceptait enfin. Ce n'était pas physique, c'était plutôt moral. Quelque chose le perturbait.

- Pourquoi pensiez-vous ça ?

- Après l'amour, il avait toujours des sortes d'absences. Quand il ne s'endormait pas tout de suite, je le sentais songeur, même un peu triste parfois. J'avais bien essayé de le faire parler, c'était un mur. Si j'insistais, il partait, alors j'avais renoncé. Je ne faisais pas le compte du temps que j'avais passé avec lui et de celui durant lequel je l'avais attendu. Les jours, eux, défilaient, il y avait les jours avec, peu nombreux, et les jours sans auxquels je ne voulais pas penser. Les rendez-vous étaient toujours le soir, jamais dans la journée, Dieu sait pourquoi ! Je ne les marquais pas dans mon agenda de peur de me rendre compte de leur rareté. Plusieurs mois étaient passés depuis notre rencontre et rien n'avait changé, il me surprenait. Il me prenait dans ses bras, me tenait enlacée un long moment comme s'il craignait de me voir disparaître. J'avais l'impression qu'il se raccrochait à moi pour ne pas sombrer dans un abîme qui m'était étranger.

Je gardais malgré tout espoir, je n'aurais pas pu vivre autrement. J'étais de moins en moins patiente, mais je n'avais pas le choix. Un jour tout changerait, il me dirait qu'il m'aimait, il viendrait vivre avec moi, un jour nous ne nous quitterions plus, un jour…

Il me faisait des cadeaux, je ne vous en avais pas parlé. Non pas des choses de grand prix, mais il avait beaucoup de goût et à défaut de valeur, ils étaient toujours très beaux, des bibelots, des bijoux fantaisie.

> o   Tiens, j'ai vu ça, j'ai pensé à toi.

Il avait pensé à moi alors que je n'étais pas là, c'était inespéré. J'aurais préféré qu'il m'offre plus de temps, mais je prenais tout ce qui venait de lui comme quelque chose de très précieux. Il pensait à moi, chaque fois qu'il me disait ça, je m'étouffais de bonheur. La rareté de ce genre de déclaration en faisait toute sa valeur. C'était un peu comme s'il m'avouait qu'il m'aimait. Lorsqu'il m'offrait ces cadeaux, c'était aussi pour moi l'occasion de lui sauter au cou pour me serrer contre lui et c'était le plus beau des présents. Il restait le plus souvent loin de moi. Il n'avait jamais ces gestes d'amoureux qui ne pensent qu'à toucher la personne aimée. Il ne me touchait pratiquement que quand nous faisons l'amour. Alors, il riait en disant :

o   Quel élan pour cette broutille !

Cette fois sans un mot, il lui avait tendu l'enveloppe. Elle l'avait regardé et avait vu, elle ne se trompait pas, une rupture dans sa raideur. Elle avait imaginé qu'il était ému ou quelque chose comme ça. Il n'était plus aussi statique dans son fauteuil, quelque chose de lui s'était affaissé.

Sans un mot, elle était encore partie avant lui.

22

À présent, c'était elle qui menait la danse, il ne l'interrompait plus. Il n'avait plus ces mouvements de colère rentrée, il ne s'irritait plus et ne lui demandait plus de revenir sur tel ou tel détail. Elle sentait qu'elle l'emmenait dans cette épopée. Il ne demeurait plus simple spectateur. Il se laissait entraîner. Il ne réagissait pas encore, mais elle savait qu'il marchait avec elle sur les sentiers qu'elle désherbait. Elle avait de moins en moins envie de cet accompagnement, elle aurait préféré qu'il reste de marbre comme au début, qu'il continue à lui asséner ses ordres réprobateurs, mais elle ne pouvait pas faire autrement. Elle pouvait témoigner, mais refusait de partager. Elle cherchait ce qu'elle pourrait faire pour qu'il montre un sentiment quelconque. Elle pourrait alors lui faire comprendre qu'elle ne voulait pas de son intrusion dans le récit. À présent, elle pouvait parler d'elle autant qu'elle le désirait, il ne marquait plus d'impatience. Elle était moins précise sur leurs relations sexuelles, il ne lui demandait plus d'approfondir. Pourquoi avait-il changé ? Elle l'entraînait maintenant avec elle, il s'était immiscé entre Philippe et elle. Il lui semblait quand elle racontait telle ou telle scène qu'il avait été là, tapi dans l'ombre et qu'il connaissait déjà cette partie de l'histoire. Ça la rendait encore plus mal à l'aise.

Elle s'interrogeait, essayait de le repousser dans son attitude hiératique, puis oubliait trop préoccupée à avancer dans son récit, persuadée que tout serait de plus en plus clair. Elle ne ressentait pas le désir d'aller plus vite pour y mettre un terme. Elle savait qu'elle devait franchir toutes les étapes du processus. Elle était certaine que si elle lui demandait de réduire le délai entre deux séances, il accepterait. Il les avait déjà raccourcis. Au début, ils se voyaient tous les mois, ils en étaient arrivés à tous les quinze jours. Mais elle ne le ferait pas.

Elle voulait prendre tout son temps. Et puis, ces séances occupaient le vide qu'avait laissé Philippe dans sa vie. Depuis la fin de leur histoire, elle n'avait jamais pu retomber amoureuse. Il y avait en elle un nœud si bien tricoté qu'elle ne pourrait pas le dénouer de sitôt. Cette boule d'incompréhension la gardait enfermée en elle-même. Elle ne pleurait plus, elle souffrait moins, elle s'était solidifiée à l'intérieur autour de ce nœud formé par tous les pourquoi, les comment. Elle s'était arrêtée de

127

vivre. L'homme lui avait fourni une chance de démêler tout ça, elle s'y employait de toutes ses forces.

23

Mardi 26 avril

Hôtel d'Alsace

19 heures

Le printemps était revenu, il faisait beau, presque chaud, elle avait sorti une robe légère et elle se sentait elle-même plus légère. Elle aurait eu envie qu'ils se retrouvent sur une terrasse, mais il ne semblait pas aimer la douceur du renouveau, le salon de l'hôtel était sombre après la lumière du dehors. Il était tassé dans son fauteuil et il portait encore un pull en laine comme s'il avait froid. Elle avait eu peur qu'il ne soit malade, mais elle ne lui demanderait pas. Il lui avait fait signe de commencer.

- Les jours passaient, les mois passaient, Philippe était toujours égal à lui-même. J'avais fini par désespérer d'obtenir plus de lui. Je me disais : il est comme ça, tant pis ! Je dois l'accepter. Puis je refusais, je me faisais tout un tas d'idées. Un soir qu'il s'était endormi, il ne le faisait pas souvent, je me suis levée sans bruit et j'ai fouillé dans son blouson pour trouver son téléphone. Il n'avait pas mis un mot de passe. J'ai cherché dans sa messagerie, rien que des contacts professionnels et un certain Sébastien. Sans vergogne, j'ai ouvert sa boîte. Le Sébastien en question était un ami, ils n'échangeaient que des mails sans importance. Pas un seul ne parlait de moi. Il ne disait rien non plus sur lui. Rien que des banalités. J'avais trouvé ça étrange, car ils avaient l'air de très bien se connaître. Dans ses communications, rien non plus, des contacts professionnels, des numéros utiles, le mien et celui de sa mère, son père. Il n'effaçait rien, tout était presque saturé, mais aucune autre femme à l'horizon. Il y avait aussi des jeux, beaucoup de jeux, il devait y passer ses nerfs. Rassurée, je suis allée me recoucher ; je regrettais mon geste, j'en avais honte, je le regardais dormir. L'innocence même. Existe-t-il un homme innocent ? S'il n'était pas innocent, ce qu'il cachait, il le cachait bien. J'avais envie de me blottir contre lui, mais je craignais de le réveiller. C'était déjà beaucoup pour moi de l'avoir là, rien qu'à moi, je n'en avais pas si souvent l'occasion. Je serais restée des heures me rassasiant de sa beauté. Il n'avait plus son air préoccupé, il était serein dans le sommeil et ça me faisait du bien de le voir comme ça. Je voulais le garder ainsi le plus longtemps possible et je me disais aussi qu'à son réveil, il serait peut-être en état pour une nouvelle étreinte. Ce fut le cas, je ne pensais plus à son téléphone, je n'avais plus aucune pensée, je n'étais plus que sensations et c'était si bon.

Une fois de plus, il ne s'est pas attardé, à peine sorti de mes bras, il était dans la rue.

Un autre jour, je me suis mis dans l'idée de le suivre. Il était venu à la maison d'édition, son second livre était déjà bien entamé et il voulait discuter du délai qui lui avait été fixé lorsqu'il avait reçu un acompte. J'ai guetté son départ et, à bonne distance, je lui ai emboîté le pas. Il avançait à grands pas décidés, il ne regardait rien, on aurait dit qu'il se hâtait. Vers une autre femme, me susurrait une petite voix, il va la retrouver, c'est elle qui empêche, c'est à cause d'elle qu'il se comporte ainsi avec moi. Je voulais en avoir le cœur net. Je craignais qu'il ne monte dans un bus ou qu'il descende dans le métro, mais il marchait toujours. J'avais, ce jour-là, des talons hauts, je souffrais le martyre, je serrais les dents et je continuais. Je connaissais son adresse bien que je ne sois jamais allée à son appartement. Il avait prétendu qu'il n'avait pas le sens de l'ordre, que chez lui, c'était le souk. Je lui avais proposé de l'aider à ranger et faire un peu de ménage, il n'avait pas voulu :

> o   Chez moi, c'est ma tanière, je suis un ours, je n'aime pas qu'on y pénètre.

Encore une bizarrerie de sa part, je n'en étais plus à une près.

Il ne se dirigeait pas vers sa rue. J'en étais sûre, il avait un rendez-vous chez une femme. J'échafaudais déjà un plan ou plusieurs. Soit je rentrais chez moi et la prochaine fois qu'on se verrait, je lui demanderais des comptes, preuve à l'appui car dès qu'il entrerait dans l'immeuble, je le prendrais en photos puis je relèverais les noms au-dessus des sonnettes, il y aurait bien celui de la femme en question. Ou alors, je me débrouillerais pour me faufiler dans l'immeuble, je sonnerais à sa porte et je les surprendrais. J'étais moins sûre d'avoir le courage d'adopter la deuxième solution. Je pourrais aussi, attendre sur le trottoir jusqu'à ce qu'il ressorte et l'affronter. Tout tournait dans ma tête, j'étais essoufflée, en nage et presque nauséeuse.

Il s'est effectivement arrêté devant une porte. Il a sonné, la porte s'est ouverte. J'avais eu le temps de le photographier. Dès qu'elle s'est refermée, je me suis précipitée vers le tableau des sonnettes. Il y avait bien un nom de femme et elle portait le même nom que lui, elle était médecin, gynécologue. Qui était-elle ? Son épouse ? Il vivait là avec elle et sa tanière n'était qu'un refuge. Une ex-femme à qui il rendait toujours visite ? Il y avait donc bien une autre femme dans sa vie. Je ne l'avais pourtant pas trouvée dans son téléphone. Avait-il un autre portable ? Il y avait aussi une plaque qui portait les mentions : Mme et M. Mareuil, ses parents. Mon cerveau fonctionnait à toute vitesse, je savais bien qu'il y avait anguille sous roche, peut-être même une baleine. Pendant que je me racontais tout ça, je ne ressentais rien, puis le désespoir se déversait en moi. Lentement comme une coulée de lave. J'étais là, sur le trottoir, dans tous mes états, j'avais envie de pleurer.

Quand j'ai entendu la porte s'ouvrir à nouveau, je n'ai eu que le temps de me cacher dans l'embrasure de la maison voisine. Je l'ai vu sortir en compagnie d'une femme, une très belle femme, élégante, aux cheveux gris et qui lui ressemblait étrangement. Il lui avait pris le bras affectueusement, elle souriait en le regardant avec une immense fierté dans les yeux. À n'en pas douter, c'était sa mère. Une nouvelle fois, j'ai été submergée par la honte : elle vivait à un étage supérieur et elle avait un cabinet au rez-de-chaussée. Mais aussi par la peine : il n'avait jamais eu cet air de contentement avec moi qu'il avait eu là en contemplant cette femme. Mère ou pas, j'aurais tant voulu qu'il ait ces yeux pour moi. C'était de l'adoration pure et simple.

Qu'importait la honte, je n'avais pas eu de chance, si on peut appeler ça chance, ce jour-là, mais je recommencerais certainement. Je finirais bien par surprendre son secret.

Je l'ai encore suivi, une fois, il se rendait chez son coiffeur, une autre fois, il est allé rejoindre un jeune homme dans un bar ; sans doute ce Sébastien. Je suis restée un moment à les observer, ils parlaient, ils riaient comme de bons copains et aucune femme en vue. Vraiment, Philippe n'avait rien à dissimuler. J'avais fini par en être convaincue. Et pourtant il me cachait tout, ses parents, ses amis.

Tout ça n'expliquait toujours pas son comportement. Quel couple formions-nous ? Nous ne partagions pas grand-chose : le goût des livres, des films, des pièces de théâtre, ce qui constituait la plus grande partie de nos conversations. Je ne connaissais ni sa famille ni ses amis. Il ne connaissait pas les miens, il trouvait toujours mille prétextes pour ne pas les rencontrer.

Curieusement, on finit par s'habituer aux choses les plus étranges. Je m'étais faite à notre couple tel qu'il était. J'avais compris que je n'avais rien de plus à attendre et j'étais prête à tout supporter pour une

135

soirée avec lui. Il y a des femmes qui acceptent d'être battues, d'autres qui tolèrent la maîtresse de leur homme, moi je me laissais mener au gré des humeurs de Philippe. Il était toujours très gentil avec moi. Il me répétait souvent qu'il était bien avec moi, qu'il se sentait en confiance et qu'il avait envie de rester. Il n'avait pas d'autre femme, j'en avais acquis la certitude, je me considérais donc comme heureuse. J'aurais pu tomber sur un homme cruel, violent, un homme qui boit, qui vole ou qui soit dépensier, je devais avoir eu plus de chance. Confusément, j'avais conscience que ça ne durerait pas, mais je ne voulais pas l'anticiper. Si notre relation n'évoluait pas, elle ne se dégradait pas. Je ne sentais pas Philippe sur le point de me quitter.

Petit à petit, au lit, j'apprivoisais Philippe, c'est le terme qui m'était venu à l'esprit. Il se laissait un peu plus aller. Je comprenais comment l'exciter. J'avançais très doucement. J'avais encore bien du chemin à parcourir avant d'en faire un adepte fou de mon corps, avant que je l'amène à le caresser comme j'aurais voulu qu'il le fasse.

Moi, j'adorais le toucher, il acceptait que je le fasse, il se laissait envahir par moi et semblait en ressentir du plaisir. Il ne quittait plus si vite mon intimité dès qu'il avait joui et il laissait à la mienne le temps de venir. Il n'y avait pas dans nos étreintes d'explosion de passion. Nous faisons l'amour comme ces couples de longue date qui ont vu s'espacer leurs rapports au fil des années. Il y avait toutefois plus de tendresse. Il avait parfois des élans, il me prenait dans ses bras, me serrait à me briser et, je ne sais pas pourquoi, je le sentais sur le point de pleurer. Je voulais de toutes mes forces que ce soit de bonheur.

Inutile de lui demander quelques fantaisies, peu m'importait, l'amour n'a que faire des inventivités. C'est ce que je me disais. S'il avait seulement été aussi gai au lit qu'il pouvait l'être dans d'autres circonstances, ça aurait pu être fantastique. Mais il ne se départait toujours pas de cette gravité, de cette application de bon élève et de cet air presque triste après l'amour. Inutile que j'essaie de le faire sortir de son état, il devenait encore plus fermé, et je me sentais intruse, étrangère, ce qui me

137

terrifiait. J'avais fini par m'en moquer, au moins autant que je le pouvais, je parvenais à m'en persuader. Je ne rêvais qu'aux moments où il était en moi, gai ou pas, je prenais tout.

Elle avait parlé sans s'interrompre, sans faire attention à l'homme. Quand elle en était arrivée là dans sa narration, elle était épuisée, elle avait seulement levé la tête vers lui. Elle avait pris peur. Il était tout blanc, il semblait avoir du mal à respirer. Ses yeux étaient éteints.

- Mon Dieu ! Vous êtes très pâle, vous ne vous sentez pas bien ?

- Si, si, je suis fatigué, je vais rentrer. Merci. Bonsoir.

Et il était parti.

Elle était inquiète, elle n'aurait pas dû le laisser partir dans cet état. Elle avait eu, un instant, l'idée de le suivre pour voir s'il n'avait pas besoin d'aide. Elle n'avait pas osé. Il avait posé l'enveloppe sur la table.

24

Presque un mois s'était passé depuis leur dernier rendez-vous. Elle était inquiète. Il était mal quand elle l'avait quitté, il était peut-être tombé malade, il était peut-être mort. Elle ne le reverrait plus jamais, elle ne finirait jamais son histoire. Elle n'aurait jamais la finalité de la chose, il avait fait brutalement irruption dans sa vie et il aurait disparu de même. Elle ne saurait jamais quel rapport il avait avec Philippe. Elle ne pourrait jamais titrer un trait sur son aventure avec Philippe, car le mystère ne serait jamais éclairci. Pas plus que les deux ans qu'elle avait vécus avec lui et toutes les questions qu'elle s'était posées, et dont elle soupçonnait que l'homme connaissait les réponses.

Chaque jour qui passait l'enfonçait un peu plus dans un malaise inexplicable. Elle avait voulu l'appeler, elle ne l'avait encore jamais fait, il n'avait pas répondu. Elle entendait à chaque fois, le message laconique enregistré : « laissez vos coordonnées, on vous rappellera ». Elle se demandait qui était ce on qui ne rappelait jamais, il avait pourtant ses coordonnées. Elle avait pensé appeler sa société, mais comment se présenterait-elle ? La femme qui raconte sa vie à votre patron et je ne peux m'arrêter de le faire, passez-moi votre patron s'il n'est pas mort. On la prendrait pour une folle et on ne lui passerait certainement pas.

Elle se rassurait en se disant qu'il était à l'étranger pour ses affaires et qu'il était trop occupé pour trouver du temps à ces bêtises. Loin de lui et de son écoute, il lui arrivait encore de considérer tout ça comme des bêtises. Elle se sentait vidée. Sa vie lui paraissait inutile, sans intérêt, même son travail la laissait indifférente. Lorsqu'elle se levait le matin, elle voyait, devant elle, une longue étendue d'ennui. Elle aurait pu essayer de continuer à se replonger seule dans le passé, elle n'en avait pas le courage. Elle avait besoin de la présence de l'homme. C'était comme la contrainte qu'on se donne pour une tâche désagréable ou pénible. C'était l'oreille de l'homme qui l'autorisait à fouiller dans ce passé, c'était son regard qui l'obligeait à creuser et qui paradoxalement la soutenait et lui permettait d'avancer. Elle sentait une complicité avec lui, elle le remarquait de plus en plus, c'était essentiel pour qu'elle puisse aller jusqu'au bout sans s'effondrer. D'où lui venait ce sentiment d'entente ? Ils ne se parlaient pas, ne communiquaient pratiquement pas, mais par sa présence et la qualité de son écoute, il avait ouvert les vannes et elle souffrait de devoir les refermer sans lui. Il lui manquait terriblement, l'homme ou l'auditeur, elle ne savait pas vraiment, elle ne cherchait pas à faire la différence.

Quand il l'avait appelée, ça avait été un grand soulagement.

25

Mardi 24 avril

Bar l'Aristide

19 heures

Ce jour-là, il était mieux, il avait repris son air habituel, froid et distant, mais elle ne se laissait plus prendre. Si elle le trouvait toujours réservé, elle ne le sentait plus aussi distant. Il réagissait à ce qu'elle racontait, les manifestations étaient infimes, mais elle les percevait. Il vivait l'histoire avec elle.

        -     Où en étais-je ? Je ne me souviens plus de la dernière fois. Si je me rappelle, vous n'étiez pas très bien. J'espère que ce n'était pas grave.

        -     Non, tout juste un peu de fatigue.

Il était de plus en plus sensible à ce qu'elle lui confiait. Depuis un moment, c'est ce qu'elle ressentait : elle se confiait à lui. Elle n'aurait jamais cru cela possible, elle ne s'était jamais épanchée avec quiconque. Tous ceux de son entourage s'étonnaient de ne jamais voir ce Philippe dont elle parlait si peu et qui tenait si peu de place dans sa

142

vie. Ça faisait des mois qu'ils sortaient ensemble et c'était toujours chacun chez soi. Ils se rendaient bien compte qu'il n'était pas si souvent présent. Elle restait évasive quand ils lui en faisaient la remarque. Ils la connaissaient discrète et après avoir compris qu'elle ne leur révélerait rien, ils avaient fini par respecter son silence. Elle se doutait qu'ils devaient bavarder dans son dos, elle ne se sentait pas le courage de leur expliquer cette relation si compliquée. L'homme était son seul confident. Elle ne l'avait pas choisi, c'était lui qui était venu la chercher. Qu'importe, ça lui faisait du bien.

Elle savait qu'il mentait. Elle aurait voulu lui demander pourquoi il avait attendu aussi longtemps avant de la rappeler, son air impénétrable l'en dissuadait.

- Votre relation suivait son cours.

- Oui, c'est ça, on pouvait dire ça, lent comme un fleuve en plaine, sans surprise, sans changements. J'avais renoncé à mes rêves, à mes illusions, je vivais au jour le jour. Yeux fermés, esprit critique aux abonnés absents. Les saisons qui passaient effeuillaient petit à petit nos rapports. Il ne restait plus que l'attente des moments fugitifs, volés au temps, qu'il daignait m'accorder. Philippe toujours égal à lui-même, insatisfait si je me fiais à son humeur habituelle, mais sans aucune volonté de changer quoi que ce soit. J'aurais pu tout aussi bien être la maîtresse cachée d'un homme marié. Encore que, dans ce cas, le mari trompeur doit faire preuve de plus de sentiments envers son amante s'il veut la garder. Même s'il feint. Lorsqu'il s'absentait dans ses rêveries moroses, ailleurs, bien que présent, il ne cherchait jamais à justifier, il revenait de je ne sais d'où un peu plus sombre à chaque fois. Je le surprenais souvent le regard au loin, un éclat de contrariété traversait ses yeux. Il le rejetait d'un mouvement de tête puis ramenait son attention vers moi, mais j'avais alors l'impression d'être transparente, il regardait à travers moi. Au début, je me demandais ce que j'avais bien pu faire ou dire pour provoquer ces évasions, j'ai vite renoncé.

Quand je le questionnais sur ce qui se passait, si j'étais responsable de cette contrariété, il redescendait sur terre et d'un ton neutre il disait :

o   Je ne sais pas, ce n'est pas toi.

o   Tu ne sais pas ou tu ne veux pas me le dire ?

o   Disons que je ne veux pas le savoir.

Puis il glissait immédiatement vers autre chose. Ça n'avait aucun sens pour moi. J'en souffrais, mais je n'avais aucun moyen de le forcer à parler. J'ai toujours eu horreur des conflits, des situations de tension, je m'en suis toujours protégée. C'était certainement un tort, mais je ne pouvais aller contre ma nature. Je préférais laisser Philippe à ses tourments plutôt que de risquer une querelle que je n'aurais pas supportée. Je me sacrifiais, c'était tout ce que je pouvais faire.

Vous allez sans doute me prendre pour une idiote, la fille qui gobe tout, qui ne dit rien, qui ne pense pas. Naïve et sans personnalité. C'est peut-être un peu vrai, surtout en ce qui concerne la naïveté, je vous le répète, j'avais tellement peur qu'il me quitte que je n'avais plus de jugement. J'étais désolée de le voir ainsi, mais je craignais de souffrir plus sans lui, alors

145

j'attendais que ça passe et je le laissais lâchement à sa mélancolie. Philippe est un mélancolique me disais-je, je n'y peux rien. Je devais l'accepter et tant pis si j'en payais le prix, il était fixé pour que je puisse l'avoir. Je n'étais pas malheureuse et je l'aurais été affreusement sans lui.

Oui, je peux le dire, tout aurait pu durer très longtemps. Il avait sorti son deuxième livre qui marchait très bien, mieux que le premier. Il avait acquis de la maturité et ses personnages de la profondeur, surtout son personnage principal. Un homme torturé, persuadé qu'il n'est pas normal. Il est certain qu'un jour, il va tuer. Il sent monter en lui des tendances psychopathes. Il essaie par tous les moyens d'éloigner son entourage, mais il ne peut pas se passer d'eux. Ce roman est glaçant, mais il a tout de suite plu, il y a un public pour ça et il est de plus en plus important. J'avoue qu'en lisant le manuscrit, j'ai ressenti une sorte d'effroi, mais c'était bien écrit et je n'avais pas à juger le fond, j'ai émis un avis favorable à la publication.

Pendant tout le temps où il avait composé son œuvre, Philippe ne m'en avait jamais parlé, il ne voulait pas que je l'influence. Il avait raison, je ne l'aurais pas laissé se lancer dans quelque chose d'aussi noir. Le personnage assassine toute sa famille, il ne peut plus se retenir et laisse libre cours à sa nature, ensuite il se rend chez son psychiatre et lui reproche de n'avoir pas su l'en empêcher, il le tue avant de se suicider. Le récit des crimes qui concluaient le roman était tellement précis qu'on pouvait penser que l'auteur avait des tendances psychopathes. Quand on connaissait Philippe on ne le voyait pas du tout ainsi, il est des écrivains qui excellent à faire croire à ce qu'ils ne sont pas.

J'aurais sans doute eu tort de le dissuader de traiter un tel sujet, le succès était là. Philippe très satisfait de son travail se sentait libéré, c'est ce qu'il disait. Pour se remettre du lancement, des interviews à la radio, à la télé dans les librairies pour les séances de dédicaces, il était épuisé, je lui ai proposé d'aller passer une semaine à L'Île de Ré. Il avait bien le droit de souffler un peu. Il avait mis plus d'une année à écrire ce livre, il avait tout le temps de songer au suivant. À ma grande surprise, il avait accepté. Il s'était fait prier, très peu. Nous attendions la fin du tumulte médiatique et nous partirions.

Pour moi, c'était Noël, les étrennes, mon anniversaire, pas de plus beau cadeau. Une semaine pour l'avoir à moi seule et surtout six nuits, j'avais du mal à y croire. C'était la première fois que nous passerions tant de temps ensemble. Je l'avais très peu vu les semaines qui venaient de s'écouler, tout juste su nous avions eu une soirée à nous. Heureusement exceptionnelle, car dans l'euphorie de son succès il avait mis beaucoup plus de cœur à me faire l'amour. Les critiques littéraires qui l'encensaient avaient un pouvoir aphrodisiaque certain. Je le reconnaissais à peine. Sans les mêmes raisons, j'avais partagé son exaltation.

- Vous voulez dire que Philippe était devenu un bon amant ?

- On peut dire ça, il était enfin enthousiaste au lit et ses performances s'en ressentaient. Il n'avait plus cet air si sombre, je le voyais encore soudain rêveur, mais il n'y avait plus cette ombre ou il me la cachait mieux. Je pense que sa consécration d'auteur à succès lui apportait tout ce qu'il avait attendu jusque-là. Je me disais que son angoisse n'avait peut-être rien à voir avec nous, c'était seulement la peur de l'échec qui le poursuivait jusque dans notre lit. C'est ce que je me faisais croire et qui me délestait du fardeau de la culpabilité. Si je n'étais pour rien dans les humeurs noires de Philippe, je me sentirais nettement mieux. Puis il avait été repris dans le tourbillon médiatique et j'étais restée sur mon petit nuage.

Tandis que Philippe satisfaisait aux dernières obligations, je préparais notre séjour que je souhaitais inoubliable. J'avais joint la voisine qui s'occupait de la maison pour qu'elle fasse venir une femme de ménage, qu'elle remplisse le frigo et le garde-manger, je lui ai donné des ordres très précis, je ne voulais aucune fausse note, tout devait être impeccable. La pauvre femme a dû croire qu'il allait se passer un évènement exceptionnel dans notre vieille maison familiale. Je lui aurais presque demandé de la faire repeindre. C'est vrai que je n'y étais pas allée depuis longtemps, j'avais peur qu'elle semble un peu abandonnée.

Enfin, tout était prêt, je ne comptais plus les jours, mais les heures, les minutes. J'étais terrifiée à l'idée que Philippe puisse refuser de venir à la dernière minute. Je tremblais lorsqu'un message arrivait sur mon téléphone. Ce n'était le plus souvent que des textos de boulot, Philippe était trop occupé. La veille du départ, je l'ai appelé pour fixer l'heure à laquelle je devais passer le prendre. Je me souviens encore de son étonnement.

o   C'est demain ?

o   Oui, ne me dis pas que tu avais oublié !

J'étais presque en larmes.

o   Non, en ce moment, je suis tellement sollicité que je ne réalise pas quel jour on est.

o   Mais on part bien demain ?

o   Oui.

o   À sept heures et demie devant chez moi. Sois à l'heure.

o   On prend ta voiture ?

o   Oui, c'est plus simple, je connais la route.

o   D'accord !

Il n'avait l'air ni content ni impatient. On aurait dit que j'allais l'emmener à une rencontre avec des lecteurs.

-       C'est l'heure ! Voilà mademoiselle, merci.

Enveloppe. Départ.

26

Elle voyait la fin arriver, elle était à la fois soulagée et inquiète. Il lui avait bien dit qu'après qu'elle lui aurait tout raconté, il lui expliquerait, mais que lui expliquerait-il ? Son histoire avec Philippe ou le jeu qu'il avait mené pour la faire parvenir là où il avait pour but de l'amener ? Elle avait envie de repousser l'échéance, c'était possible. Elle pourrait en ajouter, inventer, broder. Il ne s'en apercevrait pas. Encore que ! Elle le soupçonnait d'en connaître plus qu'il n'avait voulu lui laisser croire. Elle était presque sûre qu'il avait des réponses aux questions qu'elle se posait. Durant toutes ces heures, il n'avait fait aucun commentaire sur ce qu'elle racontait. Il n'avait jamais orienté le récit, se contentant de lui faire préciser des détails, lui demander de répéter certaines scènes. Elle avait parfois eu l'impression qu'elle jouait une pièce et que le metteur en scène n'était pas satisfait de la façon dont elle jouait. Mais elle avait eu toute liberté pour mener le déroulement.

Pourtant, c'est justement ces silences interminables à son écoute qui lui laissaient penser qu'il connaissait quelque chose. Quelque chose qu'elle ignorait. C'était son histoire à elle, elle s'en sentait dépossédée. Bon, elle lui avait servi sur un plateau, elle ne pouvait s'en prendre qu'à elle-même. Oui, elle avait l'impression qu'il lui avait volée, morceau par morceau. Ce n'était pas seulement les faits qu'elle avait exposés, c'était tout autre chose. C'est quand elle avait découvert cette tristesse dans ses yeux, quand il avait eu ce malaise qu'elle avait senti comme une présence, son ingérence dans l'histoire. Elle se doutait que ce n'était pas son talent de conteuse qui l'avait impliqué. Il y était avant, ou il en était très près et elle l'avait invité à y entrer. Même quand il était encore autoritaire, invasif, étranger, il était déjà au cœur de l'action. Pourtant, jamais elle ne l'avait vu, jamais Philippe ne lui avait parlé de lui. Mais il ne lui avait jamais parlé de quiconque de son entourage. Quand elle l'avait aperçu pour la première fois, si elle avait été ainsi fascinée par lui, c'est qu'il était dans sa vie sans qu'elle le sache. S'il s'était découvert.

Inconsciemment, elle l'avait reconnu sans l'avoir jamais vu.

Elle allait finir son chapitre, le point final se profilait à l'horizon. L'homme était de plus en plus proche d'elle. Il n'était plus en face, statue hiératique, il était devenu un élément du récit. Elle n'aurait pu dire ce qui la faisait anticiper cet état de choses, mais elle était certaine d'avoir raison. Elle ne comprenait pas comment ça avait pu se faire, elle ne l'avait pas senti venir, c'était indéniable, il faisait partie de l'histoire.

Elle ne le regardait plus du même œil. Il s'était adouci, oui, il était moins raide. Elle ne pouvait pas le considérer, comme un ami, plutôt comme un autre elle-même. C'était étrange et encore plus fascinant. Il avait attendu de tout savoir sur elle avant de dévoiler ses batteries. Il ne le faisait que par touches infimes, il arriverait bientôt le temps où il se découvrirait vraiment. C'était imminent. Elle n'avait plus que la fin à raconter, le plus gros morceau, le plus douloureux, mais elle avait appris à aller chercher ses mots dans la souffrance. Et si elle le sentait, là, à ses côtés, répondant à ses sentiments, elle pourrait le faire.

27

Mercredi 2 mai

Hôtel de Paris

19 heures

Elle n'avait pas perdu de temps, elle avait beaucoup à dire et elle ne voulait pas que le courage lui manque.

- Nous avons pris la route sous une pluie battante, heureusement je ne crois pas aux présages. Philippe était bavard, il me racontait tout ce qui lui était arrivé depuis la sortie de son livre. Il me parlait des présentateurs radio et télé qu'il avait rencontrés, ceux qui étaient professionnels et ceux qui ne s'étaient même pas donné la peine de parcourir son livre. Il me relatait des anecdotes sur les lecteurs qu'il avait vus en dédicaces, cet homme qui avait acheté son livre pour sa belle-mère qui adorait les romans psychologiques, elle allait être servie, la belle-mère. Il parlait, il parlait.

Était-ce l'excitation du voyage ou voulait-il seulement meubler le silence ? Il devait faire partie de ceux qui détestent le silence, il lui faut du bruit, de la musique sans cesse.

J'aurais aimé qu'il fasse des projets pour les jours à venir, qu'il me pose des questions sur l'île, sur ce que nous allions trouver là-bas. J'ai voulu à un moment lui parler de la maison, des souvenirs d'enfance qui y étaient attachés, aux vacances que j'y avais passées en famille, dès que j'avais abordé le sujet, il avait repris son air absent. Je m'en suis aperçue et je me suis tue. Il est reparti sur des bavardages sans importance pour nous.

Lorsque nous avons traversé le pont et que nous sommes arrivés dans l'île, il est resté muet. Je n'avais qu'une peur : que ça ne lui plaise pas. J'avais arrêté la voiture et je l'observais, son regard attentif prenait la mesure du paysage. Il ouvrait de grands yeux et je le sentais ébloui par ce qu'il voyait. Le temps était gris, il ne pleuvait plus et la mer roulait de grosses vagues, les mouettes piaillaient, les pins égouttaient. Leur parfum se mêlait aux odeurs de marée, l'air était frais. Je reprenais confiance. Je lui ai laissé un moment pour faire connaissance avec les lieux. Une île c'est particulier, il faut l'apprivoiser. Puis j'ai gagné la maison. Je ne sais pas s'il a été déçu. C'est vrai qu'elle était vieille et décatie, mais elle avait encore un charme indéniable. Il y est entré comme s'il ne l'avait jamais quittée. J'aurais même pu être jalouse, car il la regardait avec une admiration qu'il n'avait pas pour moi. Malgré tout, j'étais heureuse, la maison c'était un morceau de moi.

Nous nous sommes installés, il adorait la petite chambre basse sous le toit. Il devait courber sa haute taille pour passer la porte, ça le faisait rire. Il s'est précipité à la fenêtre qui donnait sur la mer, je crois qu'il m'avait oubliée. Nous avions déjeuné en route, il était tôt dans l'après-midi. Je lui ai proposé une promenade à vélo jusqu'au phare. Nos vieux vélos étaient toujours là, il suffisait de regonfler les roues. Ce qu'il a fait avec entrain. Je ne l'avais jamais vu aussi heureux. Il pédalait en riant, j'avais du mal à le suivre. Ses cheveux un peu longs étaient ébouriffés par la brise marine, ils découvraient son visage si beau avec ses joues rosies par le froid. Je fondais, si ça avait été possible, je serais tombée encore plus amoureuse de lui. C'était un miracle, je revivais.

Nous sommes rentrés exténués par l'effort et assommés par le vent du large. J'ai fait du chocolat chaud et j'ai préparé le repas, il m'a aidée, il sifflotait, c'était ça le bonheur. Il était toujours euphorique. J'ai fait du feu dans la cheminée et nous sommes restés là à regarder les flammes, blottis l'un contre l'autre. Il s'est endormi. J'ai posé une couverture sur lui et je suis montée me coucher. Notre première nuit n'a pas été une nuit de folie, il n'est pas venu me rejoindre. Je l'ai trouvé toujours endormi sur le canapé quand je suis descendue le lendemain matin préparer le petit-déjeuner.

Ce n'était pas ainsi que j'avais vu notre première nuit entière, mais il y en avait encore quelques-unes et ce premier contact avec la mer l'avait épuisé. Il n'a rien dit en se réveillant comme si tout cela était parfaitement naturel. Il a mangé comme un ogre, il me complimentait sur cette

159

merveilleuse idée que j'avais eue de l'amener là. Il me trouvait aussi merveilleuse que mon idée. J'étais la femme parfaite ! Je me repaissais de ces éloges. Il exigeait de tout voir et surtout la mer. Il adorait la mer. Il voulait aller se baigner, l'eau était encore froide, il s'en moquait. Il était comme un enfant au pays des merveilles. Il m'a à peine laissé le temps de ranger la cuisine, il piaffait. Il n'a pas voulu que je prenne une douche, il était déjà dehors. Nous avons à nouveau enfourché nos vélos.

En passant par une petite plage déserte, c'était la morte-saison, il n'y avait pas grand monde sur l'île, il a jeté son vélo et s'est débarrassé de ses vêtements pour courir, nu, vers l'eau. Je ne voulais pas le suivre, j'avais froid et j'avais peur qu'on nous surprenne. Il a nagé longtemps, il s'ébrouait, il plongeait, il faisait fi de la température encore hivernale.

Quand il est sorti de l'eau, je croyais à une apparition, je ne l'avais jamais trouvé si beau, si sculptural, et ce sourire qui me réchauffait malgré les frissons ! J'aurais pu rester des heures à l'admirer. Il a renfilé ses vêtements.

> o   Tu as tort, ça fait un bien fou.

Et il a renfourché son vélo. J'étais restée sous le charme du spectacle qu'il venait de me donner. J'avais complètement oublié ma déception de la nuit. Cet homme splendide était avec moi, il était heureux, je n'en demandais pas plus. La journée s'est passée en découverte de l'île. Nous n'avons même pas pensé à manger. Il s'est encore baigné dans l'après-midi, toujours nu. Je ne l'ai pas suivi, j'étais fascinée par l'image qu'il me donnait. C'est dans le bonheur que je me baignais.

J'ai fait en sorte qu'il ne s'endorme pas devant le feu, le soir venu. Je n'avais qu'une seule envie, que cette beauté finisse dans mes bras, dans moi. Dès que je l'ai senti sur le point de sombrer dans le sommeil, je l'ai entraîné dans la chambre. Pendant qu'il me faisait l'amour, je fermais les yeux et je le voyais sortir de l'eau. Il n'a pas eu à s'affairer beaucoup pour que je sois comblée. Il avait fait preuve de plus d'initiatives. Sans doute l'air de la mer qui

161

lui convenait. Il est tombé comme une masse aussitôt après. Je suis restée longtemps avant de sombrer dans le sommeil, je le regardais encore et encore sans m'en lasser.

J'ai dormi très tard. Quand j'ai ouvert un œil, il n'était plus là. Mon cœur s'est serré. J'avais rêvé de me réveiller dans ses bras, ce qui ne m'était jamais arrivé, de commencer la journée par des caresses, c'était raté. Il n'était même pas dans la cuisine. Il m'avait laissé un billet :

« Tu dormais si bien, je suis parti me promener. »

C'était bref, précis, pas un mot tendre. L'ombre envahissait mon paysage. Il ne me demandait pas de le rejoindre, il ne m'avait pas attendue pour que nous y allions ensemble. J'ai tourné en rond toute la matinée, désœuvrée, triste espérant chaque minute qu'il revienne me chercher. À treize heures, il n'était toujours pas rentré, même la faim ne l'avait pas ramené vers moi. Il n'est arrivé qu'à 17 heures, des étoiles dans les yeux.

> o   Je suis tellement heureux ici, je voudrais y rester toute ma vie.

162

o   Avec moi ?

o   Oui, si tu veux.

Bien sûr que je le voudrais. Il m'a embrassée, mais j'avais l'impression que c'était pour me remercier. Le soir encore, il s'est endormi sur le canapé après un bref :

o   Excuse-moi, je suis vanné. L'air de la mer me tue.

J'ai pleuré longtemps avant de m'endormir. Je me faisais la promesse que le lendemain, je ne le laisserais pas partir sans moi. J'étais même décidée à me baigner avec lui s'il le fallait, à l'obliger de me faire l'amour sur la plage et que sais-je encore. Je refusais d'être traitée en quantité négligeable. Il était temps que je me reprenne en main et que je fasse valoir ma présence auprès de lui. Il n'y avait qu'ici que je pourrais le faire tandis que nous étions seuls. Après, la vie nous entraînerait, il serait trop tard. Je rejetais de cette vie-là. Qu'il le veuille ou non, notre vie ensemble allait changer.

Elle sentait encore la rage qui l'avait envahie. Quand elle regarda l'homme, il avait les yeux brillants. Il lui tendit l'enveloppe et partit précipitamment comme s'il s'enfuyait.

163

28

Elle repensait à chaque mot qu'elle avait prononcé. Il lui semblait que ce qu'elle racontait n'avait qu'un lien très vague avec la réalité. Comment donner réellement à voir ses sentiments et ceux qu'elle avait prêtés à Philippe ? Pour ces derniers, c'était normal, elle avait seulement interprété et elle avait commis des erreurs, il ne pouvait pas en être autrement. Il y avait certainement aussi beaucoup d'imprécisions dans ce qu'elle avait ressenti, pensé et vécu. Des jours avaient passé depuis qu'elle avait dû affronter l'absence de Philippe et au fil des jours, elle avait changé la vérité, involontairement ou volontairement pour contrer la douleur de la perte. Il n'y a rien de pire que les souvenirs pour vous maintenir dans l'état de désespoir. Elle avait dû pactiser avec eux pour qu'ils s'estompent ou qu'ils s'adoucissent. À présent qu'elle les avait fait ressortir, qu'elle les avait mis en mots, elle n'était plus aussi sûre d'eux. Elle aurait voulu rester au plus juste, c'était important pour elle, sans doute pour l'homme, elle ne savait pas. Y était-elle parvenue ?

Elle revenait souvent, à sa demande, sur tel ou tel détail, elle changeait les phrases, elle creusait, précisait, mais, quelquefois, elle se déclarait impuissante à représenter les choses dans la plus grande exactitude. Le flou de la mémoire, l'instinct de protection, la pudeur, tout cela faussait le jeu. Était-ce jour-là, qu'elle avait senti Philippe s'éloigner ? Était-ce à cet instant qu'elle l'avait vu si accablé qu'elle avait eu l'impression que son coeur saignait ? Avait-elle cru ou avait-elle rêvé qu'il avait envie d'elle ? Elle avait essayé encore et encore de déceler les nuances pour les rendre avec justesse. C'était épuisant et elle n'était pas certaine d'avoir réussi. Elle qui baignait chaque jour dans les mots, elle découvrait combien ils pouvaient être trompeurs et difficiles à traquer quand on avait besoin d'eux.

Quelle image, d'elle, d'eux, avait-elle donnée à l'homme ? Et surtout quelle image de Philippe, car c'est de lui qu'il voulait entendre parler. Elle n'avait pas été naïve au point de ne pas voir qu'il dissimulait quelque chose

166

d'autant plus qu'elle ne doutait pas que s'il lui cachait, il faisait tous ces efforts pour se les taire aussi à lui. Il n'avait pas pu mettre en mots ce qui le tracassait. Elle ne pouvait donc pas, elle non plus, le verbaliser. Elle aurait voulu être la plus honnêtement possible en mémoire de ce qui avait été entre eux. Elle avait rebâti leur relation, le dénouement approchait et elle se rendait compte que si la tâche avait été rude, elle était loin d'être parfaite. Il lui restait à mettre le point final.

29

Mercredi 15 mai

Bar Le Champollion

19 heures

C'était la dernière séance. Dans une heure, elle aurait tout dit, elle y serait parvenue. Elle ne savait pas ce qui se passerait alors. Allait-il la remercier simplement et la laisser là pour aller faire elle quoi de tout ce qui lui aurait été révélé ? Il lui avait assuré qu'elle comprendrait la finalité de toutes ces séances, c'est ce qu'elle attendait, mais pouvait-elle lui faire confiance ? Elle voulait penser que oui, tous les liens qu'elle avait sentis se nouer entre eux l'inclinaient à le croire, elle restait néanmoins dans le doute.

- Il n'y avait plus que deux jours à passer dans l'île. Philippe disparaissait de plus en plus. Il partait tôt le matin, j'avais abandonné l'idée de l'accompagner, il n'était pas plus présent pour moi quand j'étais à ses côtés. Je remettais toujours les explications. Ce séjour tournait, pour moi au cauchemar. Il était là, jamais loin de moi, l'île n'est pas si grande, cependant je ne m'étais jamais sentie aussi seule. S'il m'arrivait encore de le regarder dormir, je n'y prenais plus de plaisir. Absent le jour, absent dans son sommeil, Philippe était toujours absent. Jusqu'à quand pourrais-je le supporter ? Je répétais machinalement les gestes du quotidien, je cuisinais, je rangeais, je repensais à la joie que j'avais eue en imaginant que j'allais cuisiner pour lui, ranger ses affaires à lui, le désordonné, allumer le feu pour qu'il ait chaud quand le soir fraîchissait. Tout ça devenait vide de sens. Je passais mes journées assise sur le banc de pierre devant la porte à attendre le retour de Philippe. Je n'avais même plus envie de lire. Je restais, les yeux fixés sur le chemin qui menait à la maison et par où je verrais revenir l'homme de ma vie. Il n'y avait plus rien d'autre. Pour moi, l'île avait perdu sa magie, les souvenirs d'enfance s'étaient estompés au fur et à mesure que je vivais ici avec Philippe. Ils gisaient inemployés au fond de ma mémoire et je n'avais plus le courage de les convoquer.

Ils n'auraient pas le pouvoir de me ramener un peu de joie.

La seule chose qui restait, c'était le plaisir de Philippe qui se lisait sur son visage quand il rentrait de la plage, les cheveux mouillés, les jours rouges. Plaisir qu'il avait eu et non pas plaisir de me revoir. Chaque fois, mon cœur se brisait. J'enrageais intérieurement, je crois que j'aurais pu le frapper, mais je l'accueillais avec le sourire, c'était plus fort que moi, j'étais heureuse de le retrouver. Je n'aurais pas été surprise qu'il m'annonce, un beau matin ou un soir, qu'il en avait assez de moi, qu'il ne m'aimait pas, qu'il ne m'avait jamais aimée. Mais il n'en disait rien, il continuait à me dire encore que j'étais géniale de lui avoir offert ce séjour inoubliable, car pour lui le séjour était inoubliable au point de m'oublier moi, il avait toujours des petits gestes de tendresse, de petits gestes comme de flatter un chien familier, de caresser un chat, pas de ces gestes qu'on offre en gage d'amour à une femme.

L'avant-dernier soir, nous étions sur le canapé, regardant le feu, je m'étais blottie contre lui. Machinalement, il m'avait entourée de ses bras. Je n'ai pas pu tenir, je me suis mise à le caresser. Doucement comme par inadvertance, ses mains aux doigts si longs qui me faisaient tant envie, ses bras nus, j'ai passé les mains sous son tee-shirt pour sentir son torse musclé. Puis mes caresses sont devenues plus sensuelles et plus précises. Je me suis laissé tomber à ses pieds et j'ai osé baisser son pantalon et l'embrasser là où je ne l'avais encore jamais fait. Il se laissait faire, passif. Je n'osais regarder son visage. Quand ça a été possible, je me suis relevée, je me suis assise sur lui et je me suis glissée pour qu'il me pénètre. Je restais immobile. Lui aussi. Il ne faisait rien pour m'enlacer. J'ai commencé à bouger, lentement, il était toujours sans réactions. Lorsque j'ai senti qu'il avait joui, je n'avais pas eu le temps de trouver mon plaisir, mais je suis demeurée là.

Il a passé ses bras autour de moi, me serrait très fort comme il ne l'avait jamais fait. Il avait enfoui son visage au creux de mon cou et je percevais sa respiration encore haletante. J'entendais son cœur qui battait bien plus vite qu'il n'aurait dû.

171

Soudain, il m'a soulevée et repoussée et sans dire un mot, il est sorti.

J'étais anéantie, je suis montée me coucher pour pouvoir pleurer à mon aise. Je savais qu'il ne me rejoindrait pas. Je pensais : qu'il aille au diable ! Cet homme était incompréhensible. Malgré tout ça, je n'étais toujours pas prête à renoncer à lui. Il me rendait malheureuse et je n'avais pas envie d'être malheureuse, pourtant je n'ai jamais songé une seule seconde à le quitter. D'ailleurs, je ne réfléchissais plus. Il était ma douleur, mais il était là, il me regardait souffrir, mais il me regardait, il respirait le même air que moi. Je le sentais encore à l'intérieur de moi, je ne pourrais jamais vivre sans lui. Et puis, il n'avait jamais exprimé le désir de me quitter, je me raccrochais à cette idée. Il aurait pu rompre depuis longtemps, rien ne l'obligeait à prolonger cette relation s'il n'en éprouvait pas le besoin. Quelle que soit sa conduite à mon égard, il restait dans ma vie. Il n'avait jamais eu un mot méchant, il ne m'avait jamais donné des signes de violence. Il n'était pas comme les autres, il n'était pas très porté sur le sexe, je m'en moquais, il

172

serait toujours là. Je me suis réveillée dans la nuit, il n'était pas à côté de moi. J'ai entendu du bruit, quelqu'un qui pleure, je me suis rendormie, j'ai cru avoir rêvé.

Quand je me suis levée, le lendemain matin, la maison était vide. Il était encore parti à l'aventure. Son vélo était là où il l'avait laissé dans la cour. Il avait dû aller à pied. Je suis allée me préparer du café. Je n'avais qu'une seule envie, remonter me coucher, ne plus rien voir, ne plus rien entendre et attendre son retour. C'est alors que j'ai vu la lettre sur la console de l'entrée. Le froid de la mort s'est insinué en moi. Il ne me laissait plus de mots lorsqu'il partait pour ses promenades sans fin. Je tremblais tellement que je ne parvenais pas à lire.

Elle était très brève :

Marion,

Je sais que je te fais beaucoup de peine, mais je ne peux plus continuer à vivre ainsi. Ne crois surtout pas que tu en es la cause, tu as toujours été parfaite. J'ai fait tout ce que j'ai pu pour t'aimer comme tu le méritais, c'était impossible, je n'ai fait que te rendre malheureuse.

S'il te plaît, ne cherche pas à me revoir. Oublie-moi et trouve un homme digne de toi.

Pardon. Moi, je ne t'oublierai pas.

Philippe

Je lisais et relisais ces mots, hébétée. Il avait voulu m'aimer, je ne comprenais pas. Je m'étais sentie aimée, certes pas comme je l'aurais souhaité, mais je n'avais pas rêvé. Il disait qu'il ne m'oublierait pas. Cet homme restait un mystère jusqu'au bout. Je suis montée dans la chambre, il avait emporté toutes ses affaires. Je réalisais que cette nuit, je l'avais bien entendue pleurer. Un homme qui quitte une femme, verse-t-il des larmes ? Il avait pleuré, il ne m'oublierait pas, j'étais complètement déboussolée, j'avais compris que c'était irrémédiable. Je m'y étais attendue, mais c'était insupportable. Il était sorti de ma vie comme il y était resté un temps c'est-à-dire étrangement et incompréhensiblement.

Je me suis évanouie. J'ai repris mes esprits un peu plus tard, je me sentais très mal, je grelottais, j'étais prise de nausées.

J'ai appelé le médecin juste à temps. Dans la soirée, la fièvre est montée, je divaguais. La voisine accourue à mon chevet m'a dit que je délirais, j'appelais Philippe, je voulais mourir. Je suis restée comme ça trois jours puis mon état s'est amélioré, j'étais encore si faible que je ne pouvais pas me lever. La voisine veillait toujours sur moi.

○ Vous nous avez fait peur, m'a-t-elle dit, le médecin passait quotidiennement. Nous n'avons pas pu joindre votre monsieur.

Je n'ai pas pu répondre à cette femme de cœur. Elle m'a prise dans ses bras, elle avait compris. Je me suis mise à sangloter. Je n'avais plus de mère et personne vers qui me tourner.

○ Pleurez, ma pauvre petite, il n'y a que ça qui fait du bien.

Elle devait en savoir quelque chose, elle vivait seule.

J'ai encore mis longtemps à retrouver la santé. Enfin est venu le jour où j'ai refermé la maison en larmes. Je n'y reviendrais jamais et je suis rentrée chez moi.

La première chose que j'ai faite a été d'appeler Philippe. J'avais eu tout le temps de réfléchir. Nous ne pouvions pas en rester là. Je ne l'avais pas fait plus tôt, je n'étais pas en état d'argumenter. J'avais le cœur en émoi en entendant la sonnerie se répercuter dans le silence, jusqu'à ce qu'une voix artificielle me réponde : le numéro que vous demandez n'est pas attribué. J'ai refait une dizaine de fois le numéro avant de me rendre à l'évidence, Philippe l'avait changé. Je me suis précipitée à son adresse. J'étais là, liquéfiée devant sa porte. Comment allais-je faire pour exiger des explications ? Je n'avais jamais eu de courage avec lui, en aurais-je quand je serais face à face avec lui et que je serais en face de son beau visage, ses yeux. ? Un charmant jeune homme m'a ouvert. Il venait d'emménager, il n'avait aucune idée de ce qu'était devenu l'ancien locataire. Il ne l'avait pas rencontré, il était déjà parti quand il avait visité l'appartement. Il m'a vue pâlir et sur le point de défaillir, il a eu la peur de sa vie. Il a voulu me faire entrer, je me suis sauvée en courant. Je ne me voyais pas m'effondrer devant un étranger.

Je suis revenue au bureau et j'ai consulté son dossier. Il n'avait pas donné signe de vie depuis que nous étions partis à l'Île de Ré. Il n'avait fait changer ni son numéro de téléphone ni son adresse qui n'étaient plus valides, j'avais pu le constater. Il avait fait clôturer son compte en banque, les derniers droits d'auteur qui lui avaient été versés avaient été retournés. J'ai pensé à sa mère, mais je ne me souvenais plus où elle habitait. Je n'avais pas fait attention à la rue quand j'avais suivi Philippe. J'ai essayé plusieurs fois de refaire le parcours, à chaque fois, je me suis perdue. Elle n'était pas dans l'annuaire. Dans l'annuaire des gynécologues, elle n'était plus référencée. Elle avait dû prendre sa retraite. Du côté de son père, je n'ai rien trouvé non plus. Philippe s'était évaporé et je n'avais aucune chance de le retrouver. J'ai cru devenir folle. Je ne mangeais plus échafaudant des stratégies pour savoir ce qu'il était devenu. J'épluchais les programmes télé au cas où il serait passé dans une émission littéraire, les annonces de signatures ou de lectures d'écrivain, il n'était nulle part. Ses livres se vendaient toujours, mais on n'entendait plus parler de leur auteur. J'ai mis longtemps avant de renoncer, cherchant des heures sur internet, les réseaux sociaux en quête d'un indice, en vain. Philippe et son mystère étaient toujours présents dans ma vie peut-être même plus que quand il était là.

Jusqu'à ce jour où vous m'avez trouvée derrière ma plante verte, je ne vivais que dans le souvenir lancinant de Philippe. Vous ne pouvez pas savoir combien j'ai aimé cet homme malgré tout ce qu'il m'a fait subir. Ce qu'il y a eu entre nous est peut-être inexplicable, mais c'était une belle chose. Je veux en garder la trace. Je ne lui ai pas obéi, je ne l'ai jamais oublié et je suis certaine qu'où qu'il soit, il ne m'a jamais oubliée non plus.

Voilà, c'est fini, je n'ai plus rien pour vous, j'espère que vous êtes satisfait.

Il ne disait rien, elle ne savait plus quoi faire. Elle attendait. Elle n'avait pas le courage de se lever et de partir. L'aventure était terminée, mais elle laissait un vide encore plus grand que celui que Philippe avait creusé. Aurait-elle la force de continuer, ces quelques mois lui avaient constitué un but, elle n'en avait plus. Il avait dû sentir à sa gorge nouée, à son débit ralenti à la fin qu'elle avait exhumé le fond de ses tripes, qu'elle avait tout donné sans honte, qu'elle s'était livrée toute entière.

Elle aurait voulu qu'il lui dise quelque chose : qu'il avait compris tout ce qu'elle avait enduré, juste quelques mots de compassion ! Rien, ses yeux étaient inexpressifs. Elle ne devait rien attendre de lui. Son cœur était serré, ses craintes se réalisaient, il allait disparaître et elle aurait fait tout ça pour rien. Elle allait se lever et sortir en se répétant : tout ça pour en arriver là ! Elle n'avait pourtant pas rêvé quand elle avait senti qu'il était partie prenante dans l'aventure et qu'il semblait sensible à ses malheurs, elle avait dû se tromper.

- Oui, c'est fini, ce sera à moi à présent.

Avant qu'elle ait réagi, il était parti. Elle prit la dernière enveloppe.

30

Elle avait tenu parole, elle était allée jusqu'au bout. En terminant son récit, une peur incontrôlée l'avait atteinte. C'était fini, il allait lui dire au revoir et merci. Elle avait gagné une très grosse somme d'argent, ce n'était pas ce qu'elle avait voulu. Elle avait espéré que chaque phrase de son histoire, reprise encore et encore, allait lui ouvrir la porte de la compréhension. Au début, elle avait agi surtout par curiosité, c'était surréaliste, cet homme qui surgissait de nulle part et qui exigeait qu'elle lui révèle deux ans de sa vie. Cela aurait pu être une technique de drague, elle avait rencontré un pervers, mais au fil du temps, elle avait pu s'apercevoir qu'il n'en était rien. Il n'avait jamais eu le moindre geste, la moindre parole équivoque envers elle. Il l'avait traitée avec indifférence, mais avec respect. Elle n'avait pas non plus trouvé une once de perversité en lui. Il lui avait bien fait raconter les plans les plus intimes de ses relations avec Philippe, mais elle avait senti alors que c'était bien loin de l'exciter. À chaque fois, elle avait plutôt cru voir de la tristesse en lui. Parfois, ses yeux brillaient, mais ce n'était ni l'excitation, ni la lumière toujours tamisée dans les endroits où ils se retrouvaient, elle avait compris que c'était des larmes contenues.

Au rythme des rendez-vous, elle s'était trouvé un but dans sa vie si monotone. Elle faisait revivre Philippe et aussi douloureux que ça puisse être, ça lui faisait du bien ; elle s'était prise au jeu et l'homme avait gagné une place importante.

Enfin, lorsqu'elle butait sur un morceau de l'histoire, qu'elle hésitait sur la manière de le raconter, qu'elle reculait à l'idée de resurgir tel ou tel moment, elle avait compris qu'elle cherchait quelque chose. Qu'une réflexion s'organisait. Elle espérait découvrir au hasard d'une phrase, un indice. Elle remettait des mots dans la bouche de Philippe pour leur donner une signification qui lui avait échappé. Elle attendait du sens, mais elle redoutait ce qu'elle aurait pu trouver. C'est cet antagonisme qui l'avait poursuivie jusqu'à la fin du parcours. Savoir, sans le vouloir. Elle avait eu tout le temps d'imaginer depuis que Philippe l'avait abandonnée sur l'Île de Ré Elle n'avait rien mis à jour qui la satisfasse. Elle avait admis qu'elle ne lui suffisait pas, qu'il n'était pas heureux avec elle. Elle l'avait ressenti depuis le départ, elle était trop amoureuse pour en tenir compte. Le plus grand mystère, c'était sa disparition. Il aurait pu lui parler, s'expliquer, elle aurait respecté sa volonté de rompre. Elle ne l'avait jamais retenu, il était resté avec elle pendant ces deux années de son plein gré. Elle lui avait assez montré qu'elle n'était pas envahissante, qu'elle se contentait de ce qu'il lui donnait. Il n'était pas obligé de brûler tous ses vaisseaux, y compris ses liens avec la maison d'édition. On ne fait pas table rase quand on quitte une femme et il la connaissait assez bien pour être sûr qu'elle ne le harcèlerait jamais.

Seul, cet homme pourrait la sortir de son obscurité. Elle ne voyait pas comment, c'était son unique espoir de mettre fin à cette histoire qui la hantait encore des mois après. Il lui permettrait peut-être de reprendre le cours de sa vie. Mais, le voulait-il, et ne se faisait-elle pas des illusions ?

Quand il avait dit : ce sera à moi à présent, elle avait su qu'il avait raison. Tout était là.

31

Il avait mis plus d'un mois avant de la recontacter. Elle n'y croyait plus, elle en avait pris son parti. Elle ne saurait jamais rien d'Honoré Daumier, elle ne saurait jamais ce qui l'avait poussé à s'adresser à elle pour lui faire cette étrange proposition de raconter sa vie commune ou du moins ce qu'elle avait considéré comme telle, avec Philippe.

Elle était passée par toutes les humeurs : la honte de s'être laissé embarquer, la colère d'avoir fait remonter toutes ces choses douloureuses dont le mépris avec lequel Philippe l'avait abandonnée. Elle avait presque retrouvé un calme relatif avant de le rencontrer à cette soirée. Elle l'avait perdu. Et puis le grand vide qu'il avait creusé. Elle l'avait déjà connu le manque après l'abandon de Philippe, elle y était retombée et elle en souffrait toujours. Elle le maudissait cet homme qui ne lui avait rien donné que son sale fric auquel elle n'avait jamais touché. Elle l'enverrait un de ces jours à une association.

Tous les matins, elle pensait : il va m'appeler, et tous les soirs elle était persuadée qu'elle ne le reverrait plus jamais. Elle avait l'impression d'avoir perdu un parent, un proche, c'était cette notion d'absence qui l'accablait, qui la tracassait. Comment peut-on déplorer la perte de quelqu'un qu'on a à peine connu, elle n'en savait pas plus sur lui que la première fois qu'ils s'étaient retrouvés et qu'il s'était présenté très brièvement ? Le fait était là, il lui manquait. Ce n'était pas le déchirement de l'obsession amoureuse, c'était quelque chose de plus lancinant. Elle avait besoin de lui, tant qu'il ne

183

lui aurait pas tout dit, elle ne pourrait pas l'oublier. Elle voulait l'oublier et elle le pourrait très facilement à condition qu'il réponde à ses attentes et elle en avait.

Puis, en réfléchissant, elle se rendait compte que ce n'était pas spécialement le dérivatif qu'elle regrettait, c'était l'espoir. Elle ne croyait pas qu'il puisse lui permettre de retrouver Philippe, mais il pourrait lui apprendre ce qu'il était devenu, lui donner de ses nouvelles. Elle avait été de plus en plus certaine qu'il le connaissait. Il l'avait trouvée elle et pas une autre. Il ne l'avait pas questionnée sur d'autres hommes de sa vie. Certes, il n'y en avait eu que très peu, deux pour être précise en dehors de Philippe. Il ne lui avait pas demandé ceux qu'elle avait aimés, il avait seulement exigé de savoir ce qui s'était passé entre Philippe et elle. Il avait forcément un rapport avec lui. Il n'était pas de sa famille, il le lui avait dit, il n'était pas son psy ni son médecin puisqu'il était dans l'immobilier. Un ami peut-être, un ami de la famille. Où l'avait-il connu ? Il pourrait lui parler de lui. C'est tout ce qu'elle attendait.

Elle n'en saurait jamais rien et ça la hantait.

Puis il l'avait rappelée et le monde s'était remis à tourner pour elle.

32

7 juin

Bar Le Carillon

19 heures

Elle retrouvait le cadre de leur premier rendez-vous.

Sept mois après, le décor n'avait pas changé. Même arrière-salle un peu sombre, les mêmes tables en faux marbre et les fauteuils défraîchis. Elle s'en souvenait très précisément. Elle ressentait encore son appréhension d'alors. Elle ne pensait pas, à ce moment-là, être capable de dire tout ce qu'elle avait traversé avec Philippe, son exaltation, ses doutes, ses désespoirs, tout ce que l'on garde au fond de soi et qu'on laisse à peine deviner à son entourage. Elle imaginait que cet homme la paralyserait. Aujourd'hui encore, elle est étonnée par tout ce qui est sorti d'elle. Elle s'était livrée corps et âme enfin, plus âme que corps, bien que celui-ci ait participé par ses manifestations d'angoisse, ses serrements de gorge, ses larmes toujours près de couler, son cœur qui renâclait quelquefois en tapant plus vite ou qui menaçait de s'arrêter. Elle avait souffert devant lui, elle lui avait laissé voir ses erreurs, sa faiblesse. Il savait tout d'elle et elle ne connaissait absolument rien de lui.

Il était en retard, il ne l'était jamais. Elle l'attendait. Elle n'avait plus peur de lui, elle l'espérait et s'impatientait. Elle ignorait ce qu'il allait lui dire. Elle, elle avait épuisé tous ses mots, il ne lui restait plus que des banalités d'usage et il n'était pas homme à banalités. Elle ne lui poserait pas plus de questions qu'elle n'en avait posées à Philippe. Elle ne savait pas interroger, elle avait toujours peur de déranger, peur des réponses. Dans sa famille, on ne posait pas de question : "reste discrète", lui disait sa mère. La curiosité est un vilain défaut. Ne gêne pas les gens par tes demandes. Elle ne le craint plus, mais il l'intimide toujours autant.

Elle l'avait vu arriver. Il lui avait semblé qu'il avait vieilli. Il était encore bien droit et se déplaçait avec aisance, mais quelque chose en lui parlait de décadence. Ce n'était pas tant par son physique qu'elle le trouvait plus âgé, c'était surtout par l'expression de son visage. Elle y lisait une profonde lassitude, de celle que l'on ressent lorsque l'on va aborder une tâche harassante, peut-être l'une que l'on éprouve quand on est au bout de sa vie. Elle le regardait s'approcher d'elle et ça lui faisait de la peine de le voir ainsi.

Il s'excusa pour son retard et s'assit en face d'elle. Il commanda un café qu'il but sans un mot. Il prit tout son temps. Elle attendait, sur les charbons ardents, mais elle n'osait pas briser le silence qui s'était installé après les premiers échanges. C'était à son tour de parler, elle le laissait faire. Ce serait son histoire à lui. Elle redoutait de l'entendre, elle pressentait que ce qu'il allait lui apprendre la concernait elle aussi.

Il était nerveux. D'habitude, il se carrait dans son fauteuil, sûr de lui, pour l'écouter. Là, c'était à lui, il était moins assuré. Elle supposait qu'il avait l'habitude de parler, il devait aller de réunion en réunion, en conseils d'administration, elle ne pouvait pas croire qu'il était gêné, encore moins intimidé, surtout après tout ce qu'il avait appris sur elle. Elle l'avait invité dans son intimité, virtuellement dans son lit. Allaient-ils passer l'heure à se regarder en silence ?

Il prit son élan, c'est du moins ce qu'il lui sembla et sauta. Ses yeux s'étaient légèrement voilés. Son buste s'était incliné vers elle, elle avait senti le sien s'avancer à sa rencontre.

- Vous vous êtes certainement demandé pourquoi je vous ai fait cette requête. Vous avez trouvé cela bien étrange et c'est logique ; je vous avais donné tellement peu de raisons d'accéder à ma sollicitation, mais vous vous êtes prêtée au jeu et je vous en remercie. J'avais besoin d'entendre tout ça, vous comprendrez pourquoi quand je vous aurai dit tout ce que vous avez à savoir. Je tiens à vous prévenir. Je suis certain que ça va être difficile pour vous, mais aussi pour moi. Vous avez déjà eu votre part de souffrance en vous replongeant dans votre passé toujours pas mort. J'ai ressenti chacune de vos émotions, vous êtes une habile conteuse, j'ai vu vos réticences par moments, le tourment qui vous atteignait. J'ai dû brusquer votre pudeur, c'était nécessaire. Je ne pouvais pas faire autrement et je m'en excuse. Je vais encore vous faire mal, mais vous verrez que passé la souffrance, vous vous sentirez mieux. Je ne peux pas vous assurer que vous irez tout à fait bien, mais certainement mieux que ce que vous vivez aujourd'hui, tout sera plus clair. Pour que le puzzle soit complet, il me fallait votre version. Je me doutais bien un peu de ce que vous m'avez raconté, mais je voulais en avoir le cœur net.

Je sais, je tarde à pénétrer dans le vif du sujet, c'est très éprouvant pour moi et cette longue entrée en matière m'a permis de me préparer. Je dois pourtant y aller.

Je vous avais dit que je ne faisais pas partie de la famille de Philippe, mais je le connaissais. Je l'ai rencontré quand il était adolescent. J'étais encore jeune, pas tout à fait trente ans. J'avais été en relation professionnelle avec son père. J'étais seul au monde, j'avais perdu mes parents étant enfant, j'avais été élevé par un oncle. Il m'avait fait faire de brillantes études, j'étais intelligent et précoce, j'étais déjà un architecte réputé et j'avais monté mon entreprise. Comme je viens de vous le dire, je n'avais plus personne. Le père de Philippe et sa femme m'accueillirent comme si j'étais leur second fils. Mon oncle venait de mourir, je les ai adoptés comme parents de substitution. Philippe était mon petit frère d'adoption. Je pourrais dire sans forfanterie qu'il m'admirait et je n'en étais pas peu fier. Contrairement à moi qui suis très pragmatique, il était attiré

189

par la littérature, la poésie, mais nous nous entendions très bien. Il me faisait partager sa passion et je me laissais entraîner vers des domaines qui m'étaient inconnus. Il recherchait ma compagnie et j'en étais content. Je passais tout mon temps libre chez les Mareuil et le plus possible avec Philippe. C'est la partie de ma vie la plus heureuse.

Il s'interrompit, comme submergé par l'émotion. Elle ne savait pas où il voulait en venir, elle avait mal pour lui.

Il ne m'a jamais parlé de vous !

Il se reprit.

\- Vous comprendrez plus tard pourquoi. À toutes les vacances, je m'arrangeais pour me libérer de mon travail et l'emmener une semaine en voyage. Nous avons visité toute l'Europe. Ses parents me le confiaient sans problème, ils ne doutaient pas de moi pour prendre le plus grand soin de leur fils. Nous avons passé ensemble des moments exceptionnels. Philippe était toujours si enthousiaste, il s'émerveillait de tout et en tirait de jolis poèmes qu'il me faisait lire avec fierté. Philippe était heureux, adulé par ses parents qui n'avaient pas pu avoir un autre enfant que lui. Il avançait dans la vie avec tous les atouts. C'était aussi le plus charmant des garçons, il n'était pas égoïste comme aurait pu l'être un fils unique. Il partageait sa famille avec moi sans aucune arrière-pensée. Toujours gai, il acceptait ce que je faisais pour lui avec gratitude. J'adorais ce frère que le destin m'avait donné.

Puis vint le temps où il entra à l'université, il allait étudier la littérature. Pour lui, c'était très important. Pour moi, tout allait très bien, ma société se développait de plus en plus, j'étais très occupé. Nous ne voyagions plus et nous nous voyions de moins en moins souvent. Je le regrettais, mais je n'avais guère le temps d'y penser. Il ne me faisait aucun reproche, je le sentais seulement contrarié quand il m'appelait. Philippe était un jeune homme introverti qui n'avait que très peu d'amis, je crois même pas du tout. Il restait le plus souvent seul, le nez dans ses livres. J'étais peut-être son seul ami. Avec moi, son aîné de quelques années, il n'avait aucun effort à fournir, il était à l'aise. Il connaissait mon affection pour lui. Il m'envoyait des mails pour me raconter ses succès dans ses études, il avait de très bonnes notes et se passionnait pour son travail. Il ne me parlait jamais de ses sentiments, je ne savais pas s'il avait de petites amies, s'il sortait avec des jeunes de son âge. J'avais l'impression que seules ses études l'intéressaient. Je voyais moins aussi ses parents.

Cet état de choses dura un an ou deux.

Et tout a basculé.

Sa voix se brisait, elle était de plus en plus mal à l'aise. C'était encore plus pénible de le voir que quand c'était elle qui parlait. Quand elle racontait, elle ne le regardait pas tout le temps. Lorsqu'elle était gênée ou qu'elle cherchait ses mots, elle regardait ailleurs ou elle fixait ses mains. À présent qu'elle était auditrice, elle gardait les yeux sur lui, elle pouvait voir son expression, ses yeux qui se voilaient et les efforts qu'il faisait pour exprimer ce qui le tourmentait. Elle avait eu assez l'occasion de ressentir ce qui agitait l'homme et lui faisait baisser le ton, rechercher son souffle et articuler avec difficulté. Elle souffrait avec lui comme il avait souffert avec elle.

-       Je crois que je vais m'arrêter pour cette fois, c'est très pénible pour moi, ne m'en veuillez pas.

Elle ne savait pas quoi lui dire pour le réconforter. Mais le désirait-il ?

Il lui tendit une enveloppe.

-       Je ne parle plus, inutile de me payer.

-       Vous ne parlez plus, mais vous m'écoutez. J'ai réduit un peu la somme pour ne pas vous mettre dans l'embarras. Il est normal que je vous rétribue pour le temps que vous passez avec moi. Maintenant, je vous demande de me laisser.

33

Elle essayait d'imaginer l'homme à trente ans. Il avait été très beau. Elle fait le calcul, il doit à présent avoir dépassé la cinquantaine. Il a incontestablement de beaux restes. Toujours svelte, les cheveux grisonnants, encore abondants. Au début, son air dur et hautain lui avait fait paraître plus vieux. À présent qu'elle avait pu le voir vulnérable, terrassé par ses émotions, elle le considérait mieux. Elle essayait de se représenter Philippe à 15 ans, ça lui était facile, il avait gardé un côté juvénile. Il devait être un peu moins grand, un peu moins musclé, mais il devait avoir le même regard d'enfant espiègle. Elle avait du mal à se le figurer gai et insouciant, encore moins heureux. Qu'avait-il bien pu se passer pour qu'il devienne comme elle l'avait connu ? Elle allait bientôt avoir la réponse.

Elle les imaginait tous les deux, Honoré et lui. Honoré, ce prénom ne l'avait pas choquée au départ, il lui semblait un peu vieillot pour lui, mais quand elle pensait à lui à trente ans, il lui paraissait ridicule. Philippe ne lui avait pratiquement pas parlé de son passé, très rarement il lui avait raconté quelques anecdotes, le plus souvent de l'école. Il ne lui avait donné aucun détail sur son adolescence. Elle aurait aimé savoir tout de lui, mais la tristesse qui transparaissait dans ses yeux quand elle lui posait des questions l'avait fait renoncer. Elle respectait sa volonté. Dire qu'elle n'avait pas imaginé un lourd secret serait mentir. Il était essentiel pour elle qu'il se sente bien, elle n'avait pas l'intention de le torturer avec des choses sans importance. Elle avait refoulé sa curiosité et s'était contentée de ce qu'il avait bien voulu lui dire, c'est-à-dire très peu. Il n'avait jamais proposé de la présenter à sa mère. Elle en avait souffert, pensé qu'il avait honte d'elle, elle avait bien vu que Philippe sortait d'un milieu très aisé. Elle avait failli lui demander pourquoi il ne le faisait pas, mais, encore une fois, elle ne l'avait pas fait. Une force obscure l'empêchait toujours de pousser Philippe dans ses retranchements.

Si elle résumait ce qu'elle savait de lui, ça ne tiendrait pas dans une page de cahier d'écolier. Elle ne s'en était jamais vraiment rendu compte. Ce qu'elle découvrait avec l'homme lui en faisait prendre la mesure et elle pensait qu'elle n'était pas au bout de ses surprises. Il allait lui ouvrir l'album de jeunesse de Philippe. Elle allait le voir sous un autre jour. Elle ignorait encore lequel et elle soupçonnait que le lourd secret de Philippe était caché par là. L'homme, lui, savait. Elle l'avait pressenti dès le départ. Elle n'avait jamais voulu ouvrir la porte qui lui aurait donné accès à la compréhension de Philippe. Elle avait deviné que ce serait trop difficile à affronter. Honoré allait le faire. Il ne lui demandait pas l'autorisation de le faire et c'était très bien ainsi. Il savait qu'elle attendait ça.

34

28 juin

Bar Royal

19 heures 20

Elle était en retard, elle avait dû recevoir en urgence un auteur qui avait des états d'âme. Elle avait eu beaucoup de mal à s'en défaire, c'était un égocentrique qui croyait que le monde tournait autour de lui, le pléonasme n'était pas exagéré. Elle voyait l'heure avancer, elle avait été un peu sèche, procédé radical avec ce genre de personnages. Il s'était retiré, outré. Ce n'était pas l'auteur qui vendait le plus, ça n'avait pas grande importance et son rendez-vous avec l'homme était capital.

Il était là, les yeux fixés sur la porte d'entrée. Elle s'est arrêtée un instant. Il n'était pas impatient, du moins il n'en donnait pas l'impression. Il semblait plutôt accablé. Cette fois encore, elle eut pitié.

- Excusez-moi pour le retard, un imprévu au travail.

- Ce n'est pas grave, je crois me souvenir que c'est la première fois. Asseyez-vous.

Il fit signe au garçon. On aurait dit qu'il voulait différer le moment de parler. Il y vint enfin.

- Je réalise à présent, l'effort que vous avez dû fournir pour vous confier, en toute franchise. Je vous en remercie encore. Je vais essayer d'être aussi courageux que vous.

Elle le sentait tendu sur le point de perdre le contrôle. Elle aurait aimé l'aider, mais elle n'avait aucune idée de ce qui aurait pu le secourir. D'ailleurs, il ne l'avait jamais aidée.

- Mais continuons. Je crois que j'en étais resté à cette période où Philippe était étudiant et où je développais mon entreprise. Un jour du mois de juin, j'ai reçu une lettre de Philippe. Il me disait qu'il venait de passer sa licence avec succès, qu'il était crevé et me demandait si je pouvais prendre quelques jours de vacances pour l'emmener quelque part. Il ne pouvait pas me faire plus plaisir. J'avais moi aussi besoin de repos, ça tombait bien. Je ne pourrais pas m'absenter très longtemps, mais une petite semaine de congé serait la bienvenue. J'avais une relation de travail qui possédait une jolie maison au Cap d'Antibes, il accepta immédiatement de me la prêter. Je suis allé chercher Philippe et nous avions emprunté l'autoroute A7. Philippe était gai comme un pinson. Il se souvenait de tas d'anecdotes sur tous les séjours que nous avions passés ensemble. Il se disait heureux de me retrouver, je lui avais manqué. J'étais tellement pris par mon travail que je ne m'en étais pas rendu compte, lui aussi m'avait beaucoup manqué. Quand on travaille beaucoup, on perd la notion du temps, plus encore la notion de ce qui nous entoure et plus particulièrement de ceux qui nous entourent. Philippe était toujours présent dans mes pensées, je savais que nous nous retrouverions à un moment ou à un autre et j'allais de l'avant. J'avais eu tort, j'aurais dû faire plus d'efforts pour le voir. C'était fait, il ne me restait plus qu'à profiter de ces quelques jours. J'envisageais même de les prolonger. Je m'arrangerais avec mes obligations. J'allais lui en faire la surprise.

o   Ça fait combien de temps que nous ne sommes pas partis tous les deux ? On n'aurait jamais dû abandonner cette habitude. Depuis notre dernier voyage, en Croatie, il me semble, je n'ai jamais plus quitté la France. J'aurais bien aimé l'Italie, mais le cap d'Antibes ce ne sera pas si mal non plus et nous serons ensemble.

o   L'année prochaine, je m'arrangerai pour poser un peu plus de congés et nous irons à Florence, là, tu m'as pris au dépourvu. Tu as très bien fait d'ailleurs.

La maison était située en bordure de mer, elle était splendide. De la terrasse, on pouvait voir les îles au loin. Elle disposait d'une piscine. À peine arrivé, Philippe l'avait ignorée, il était déjà dans la mer.

Nous avons passé deux journées magnifiques à nous baigner, paresser sur la terrasse. Le soir, nous allions manger des fruits de mer sur le port. La vie était belle et Philippe était éblouissant. Je lui avais proposé d'aller en boîte, je supposais que les jeunes étudiants adoraient aller en boîte, il avait refusé. Il préférait rester avec moi, tranquille. J'avoue que ça me satisfaisait pleinement, j'ai toujours eu horreur des boîtes, je n'y serais allé que pour lui faire plaisir. J'étais flatté qu'il privilégie ma compagnie à celle des jeunes de son âge. Je me sentais plus vieux que lui, avec lui, je rajeunissais. Nous parlions beaucoup, j'avais retrouvé mon frère.

Et puis le malheur arriva. Un matin, comme les autres, nous avions prévu d'aller passer la journée dans les îles de Lérins J'étais allé réveiller Philippe. Je suis entré dans la chambre sombre et je suis allé vers la fenêtre ouvrir les volets en criant : debout fainéant, la journée est merveilleuse. Quand je me suis retourné, Philippe émergeait du sommeil, il était nu sur son lit. Il était dans l'état dans lequel se trouvent beaucoup d'hommes au réveil. Je suis resté sidéré. Je ne pouvais plus ni bouger ni parler. Il ne remarquait pas mon trouble ou il faisait semblant de ne pas le voir. Il se frottait les yeux, ébloui par la lumière qui entrait dans la chambre. Il n'a pas fait mine de tirer le drap sur lui. Il

trouvait la situation normale, nous étions
entre hommes et nous nous connaissions si
bien. Il ne voyait rien que de tout à fait
banal. Il n'avait jamais soupçonné mes
penchants. Tout naturellement, il s'est levé,
a traversé la pièce pour se rendre à la salle
de bains. J'ai cru avoir une crise cardiaque.
Je n'avais jamais rien admiré de si beau.
C'était la première fois que je voyais
Philippe nu, j'avais été foudroyé. Je me suis
enfui précipitamment, j'étais perdu. J'avais
préparé le petit-déjeuner, Philippe y a fait
honneur, pas moi. Je ne pouvais rien
avaler. Nous sommes partis pour les îles,
l'image de Philippe sur son lit ne me
quittait pas.

        o   Qu'as-tu, Honoré, ce matin,
tu n'es pas bien ?

        o   Je suis un peu fatigué, j'ai
mal dormi, la chaleur sans doute.

        o   Toi qui es toujours fourré
en Afrique !

        o   Que veux-tu, je vieillis.

        o   Toi, vieux !

Non, il n'avait rien vu, rien deviné. Je
faisais tout mon possible pour cacher mon
émoi, c'était difficile ? Heureusement,

Philippe tout à son plaisir ne s'occupait guère de moi et de mes sentiments. Il a passé une excellente journée. Pas moi. Je venais de faire la plus terrible des découvertes, ce que j'avais toujours pris pour un amour seulement fraternel n'était que de l'amour pur et simple. J'avais réussi à me le cacher à moi-même. J'avais eu des aventures avec des femmes, toutes éphémères, je ne m'étais attaché à aucune d'elles. Je n'en avais éprouvé que bien peu de satisfaction. Depuis un moment, je n'essayais même plus de m'approcher d'elles. Je reportais toute mon énergie vers mon travail. Ce que je venais de ressentir avec Philippe n'avait aucun rapport. Rien qu'à le regarder, je tremblais de tous mes membres. Un gouffre noir s'était creusé dans ma poitrine. Lorsque je m'étais rendu compte de mon homosexualité, ça avait été une découverte éprouvante. La société n'était pas encore ouverte totalement et l'homophobie y traînait toujours les pieds. J'avais connu des femmes pensant que je pourrais échapper à cette prédestination, je m'étais leurré. Je ne m'étais pas pour autant autorisé à laisser libre cours à mon inclination, j'avais fini par m'accepter et laisser ma vie sexuelle de côté. Je parvenais à maîtriser mes désirs, je n'avais pas trouvé d'homme à aimer et je ne voulais pas d'aventures passagères ; je ne savais pas encore que cette prise de position avait une cause. J'étais depuis longtemps amoureux de Philippe. Je me l'étais caché, c'était un amour impossible. La vision que j'avais eue de la nudité de l'objet de mon amour avait fait sauter les barrières. Comment allais-je faire pour le lui dissimuler ? Et ce désir qui me rongeait, comme le faire taire ! Je n'aurais jamais osé toucher à un de ses cheveux.

Les jours suivants furent un supplice pour moi, je fuyais son regard, j'avais peur de perdre mes moyens. La plaie s'agrandissait en moi. J'avais hâte que les vacances se terminent pour mettre un terme à mon calvaire. Il n'était plus question de prolonger notre séjour. Je ne pouvais pas non plus les interrompre, je n'aurais pu donner d'explications. Je tremblais à l'idée d'être encore confronté à l'image de Philippe dans son plus simple appareil.

Le dernier jour, nous étions à la plage. J'avais vu Philippe sortir de l'eau, un poignard m'avait transpercé le cœur. Il était tard, il n'y avait plus grand monde. Philippe s'est étendu sur sa serviette. Je le mangeais des yeux. Il avait fermé les siens, je pouvais le regarder à loisir. Inutile de vous le décrire, vous m'en avez déjà parlé. Je suis resté ainsi un très long moment. Je vous fais grâce de ce qui me passait par l'esprit. Il s'était endormi. Je ne sais pas ce qui m'a pris, je n'ai pas pu me retenir. À le voir là, abandonné, si près de moi, c'était trop. Sa bouche légèrement entrouverte esquissant une sorte de moue boudeuse m'attirait. Je n'ai pas pu résister. C'était de la folie, mais depuis ce matin dans la chambre j'étais dans un état de folie permanent. Je me suis penché vers lui et j'ai posé mes lèvres sur les siennes. Pendant une poignée de secondes, j'ai cru à une éternité, il n'a pas bougé puis j'ai vu ses yeux s'ouvrir, un éclair de haine y est passé. Haine, dégoût, colère, enfin, quelque chose comme ça. Il m'a repoussé brutalement, je suis tombé sur le sable, il s'est levé d'un bond et il a disparu. Je me suis mille fois maudit. Je mesurais les dégâts que j'avais causés à notre relation. Je savais que je ne sortirais pas indemne de cet abandon passager. Je me méprisais de n'avoir pas su maîtriser mes sentiments. Ma folie s'était envolée. Je restais anéanti, j'avais tout perdu en perdant Philippe.

Je suis rentré à la villa, il s'était enfermé dans sa chambre. J'ai voulu aller lui parler, m'excuser, il n'a pas ouvert sa porte. J'étais atterré par ce que j'avais fait. Je suis parti en ville et j'ai traîné de bar en bar. Moi qui ne bois jamais, je suis revenu complètement ivre. Je me suis écroulé sur mon lit en pleurant et j'ai fini par m'endormir. Le lendemain matin, il n'était plus là. Il ne m'avait même pas laissé un mot. Il n'a jamais répondu à mes appels. Je l'avais perdu pour toujours, je ne pouvais m'en prendre qu'à moi-même. Des envies de suicide me sont venues. J'étais trop lâche, je me suis abruti de travail et d'anxiolytiques. Je savais que je n'oublierais jamais mon petit frère qui était devenu mon grand amour. Amour impossible. Je traînerais cette croix jusqu'à la fin de mes jours.

Il avait prononcé les derniers mots avec peine. Il n'y avait rien à dire, elle n'a rien ajouté. Elle s'est levée, a enfilé sa veste pour se retirer.

- N'oubliez pas l'enveloppe.

Elle l'avait prise, s'en était allée très vite. Elle avait reçu en plein cœur l'aveu, puis la détresse de l'homme, elle était épuisée comme si elle avait couru des heures. Elle se demandait si elle avait envie de revenir vers lui. Elle avait vu en lui tout ce qu'elle avait souffert, il lui renvoyait l'image d'elle abandonnée par Philippe alors qu'elle l'aimait tellement. Il lui montrait le même désespoir que celui qu'elle avait si bien connu. Ils étaient tous les deux les victimes du même bourreau : Philippe.

35

Elle n'avait pas dormi la nuit suivante. Elle voyait la scène ou plutôt les scènes : Philippe, à peine sorti de l'adolescence, nu sur son lit dans la chaleur du matin, l'homme qui le découvre, Philippe en maillot de bain qui émerge de l'eau, son corps bronzé encore mouillé, Philippe endormi, abandonné et Honoré qui se penche et qui l'embrasse. Quand il avait raconté cette scène, elle avait frissonné de dégoût, de haine envers lui qui avait osé poser son sale regard sur Philippe jeune et fragile. Elle s'était contenue pour ne pas lui crier de se taire, de garder tout ça pour lui, de ne pas la polluer, elle n'avait que faire de ses élucubrations d'homo, de sa confession. Elle avait détourné ses yeux, puis elle était revenue vers lui et son point de vue avait changé. Elle parvenait à admettre qu'il ait pu tomber amoureux de ce si beau garçon, elle comprenait son désarroi et la puissance de son désir. N'avait-elle pas ressenti cette même puissance ? Comment ne pas tomber amoureux de Philippe, homme ou femme ? Elle au moins avait pu laisser libre cours à ses sentiments. L'ombre du dégoût s'était éloignée pour faire place à la pitié. Il n'était qu'une pauvre victime de sa nature d'homosexuel. Elle commençait à percevoir quelque chose qu'elle aurait voulu voir rester dans l'obscurité. Elle repoussait de toutes ses forces les idées qui se faisaient jour en elle et qui étaient inconcevables. Elle luttait, mais ces idées l'assaillaient de plus en plus.

Elle s'était dit que cet aveu fait, l'histoire prenait fin. Il ne lui avait pas signifié son congé, qu'avait-il encore à lui dire ? Elle s'en épouvantait d'avance. Elle n'avait aucune envie d'en savoir plus. Elle ne voulait pas être le déversoir de ses confessions encore plus horribles, elle ne le supporterait pas. Elle avait beau le plaindre, elle n'en entendrait pas plus. Elle le lui déclarerait quand il la recontacterait. Si ce qu'elle pressentait devenait de plus en plus précis et se substituait à l'histoire qu'elle s'était construite avec peine, tout s'effondrerait. Elle n'était pas à même de l'endurer.

Si c'était simplement pour lui confier sa douleur, elle se forcerait, ce serait un gros effort. Les deux anciens combattants qui se retrouvent pour se remémorer leurs souvenirs de la même bataille, très peu pour elle. Elle allait mettre un terme à tout ça. Qu'Honoré aille voir un curé, un psy et qu'il lui fiche la paix. Qu'il laisse surtout en paix l'image de Philippe qu'elle a gardée et à laquelle elle tenait. C'était un vœu pieux, elle le savait.

Quand il la rappela, elle ne put pas résister. Elle y alla et comme un animal se rendant à l'abattoir elle essaya de se blinder. Le pire était encore à venir, une vague sensation de désastre l'accompagnait.

36

12 juillet
Bar du départ
19 heures

Elle arriva encore en retard, cette fois volontairement. Elle voulait lui faire comprendre qu'elle n'avait pas envie de le voir ? C'est la seule manière qu'elle avait trouvée. Il ne semblait pas conscient. Il lui parut affaissé dans son fauteuil. Il n'avait plus rien de sa prestance du début. Elle oscillait entre un dégoût irrépressible et une compassion instinctive. Elle ne s'était jamais sentie aussi mal en sa présence. Même quand il la forçait à l'inviter dans ses scènes d'amour avec Philippe. Elle prétexta un besoin de passer aux toilettes pour faire encore durer son attente. Il ne protesta pas. À peine était-elle revenue qu'impitoyablement, il commença.

- Il y avait quelques années que je n'avais plus de nouvelles de Philippe. J'avais rompu toutes relations avec ses parents, je craignais qu'il ne leur ait parlé de mon geste. Il faut vous dire qu'ils n'étaient pas très ouverts d'esprit. Le père de Philippe émettait souvent des propos homophobes en ma présence. Discours choquants, surtout à notre époque plus tolérante. La loi sur le mariage pour tous l'avait mis dans une telle fureur qu'il avait frôlé la crise cardiaque. Le sacro-saint mariage pour ces pédés, le monde était devenu fou. Ils devraient se contenter de ce qu'on les supporte, qu'on ne les emprisonne plus, ces destructeurs de la jeunesse, ces fausses femmes, ces hommes ratés. Je vous en passe de bien plus cruelles pour nous. La mère de Philippe était une catholique intégriste, militant contre l'avortement et même la contraception et qui ne voulait pas que l'on prononce le mot homosexuel devant elle. J'étais certain d'être rejeté sans pitié s'ils avaient appris mon geste envers leur fils. Ils auraient pu porter plainte contre moi si je l'approchais encore, heureusement Philippe était majeur. J'avais tout fait pour leur dissimuler ce que j'étais, je souffrais de les entendre traiter ainsi mes congénères, mais je tenais trop à leur amitié. J'étais toujours

212

aussi malheureux, le temps n'adoucissait pas mon chagrin, je n'avais rien fait pour essayer de recontacter Philippe. Je revoyais sans cesse le regard qu'il m'avait jeté et qui avait brisé tout entre nous.

Et puis, un jour, j'ai reçu un mot de lui, une lettre très brève dans laquelle il me disait qu'il ne m'en voulait plus, qu'il avait réfléchi, que ce n'était pas de ma faute si j'étais comme ça, mais qu'il n'était plus question que l'on passe du temps ensemble. Il m'annonçait qu'il avait rencontré une jeune femme et qu'il était très heureux avec elle. Il me tuait une seconde fois, mais je n'y pouvais rien. Je devais accepter. Je me consolais pitoyablement en pensant qu'il ne m'avait pas oublié après tout ce temps. J'ai gardé la lettre et j'ai essayé d'enterrer tout ça ou du moins de faire que le souvenir ne soit pas si douloureux. Après m'être rendu à l'évidence j'ai eu des aventures avec d'autres garçons, d'autres hommes, je m'autorisais des rencontres douteuses qui me laissaient déçu et amer et Philippe me hantait toujours. Je cherchais celui qui pourrait le remplacer, mais il n'y avait qu'un seul Philippe. Je sais que sur ce point-là vous me comprenez.

J'avais appris qu'il avait écrit un livre, je me suis précipité pour l'acheter. J'avais l'espoir insensé qu'en le lisant, je trouverais quelque chose qui parle de moi, un message, une pensée, vous savez qu'il n'y avait rien de tout ça. Ce n'était que pure fiction. Je l'ai lu et relu, je n'ai rien trouvé de personnel. Malgré tout, en parcourant ses mots, c'était un peu lui que je touchais. Je n'ai jamais eu le courage d'aller à une de ses séances de dédicace. Je ne savais pas comment je serais reçu. Certes, il ne dirait rien devant les autres lecteurs, mais une trop grande froideur de sa part me crucifierait. J'avais peur aussi de le revoir, je pourrais perdre contenance. J'ai regardé les émissions littéraires dans lesquelles il paraissait, heureux, sûr de lui. Je saignais, je maudissais le ciel qui l'avait mis sur ma route pour détruire ma vie. Je maudissais tous les gens qui le côtoyaient au quotidien et qui n'avaient rien à faire de lui. Je me sentais totalement impuissant au sens propre comme au sens figuré, il avait tout ravagé en moi.

214

Je crois que je vais écourter cette séance, d'ailleurs à cause de votre retard nous avons perdu un peu de temps. Ne craignez rien, je vous comprends et je ne vous en veux pas. Je suis aussi très fatigué. Vous raconter tout ça m'épuise, j'ai l'impression d'avoir cent ans. Vous allez me dire que je n'y suis pas obligé, vous verrez plus tard que si. Mais nous n'en sommes encore pas là. Je vous libère. Voici votre rétribution. Au revoir.

37

Il ne lui avait jamais parlé d'Honoré, de ce qui s'était passé ce jour-là sur la plage. Cette histoire l'avait-elle marqué ? Pourquoi lui avoir écrit qu'il l'avait rencontrée et surtout qu'il était heureux ? Manifestement, ce n'était pas le cas. Elle ne voulait pas envisager que c'était par pure méchanceté. Elle ne voyait pas Philippe faire sciemment du mal à Honoré, et ne lui avait-il pas dit qu'il lui pardonnait ? Tout ça n'était pas clair. Honoré avait certainement cru à ce beau roman d'amour qui n'en était pas un. Plus elle avançait plus elle se rendait compte qu'elle n'avait jamais connu Philippe. Il y avait tellement de choses qu'elle avait ignorées sur lui. Elle aurait dû le forcer à parler, elle aurait pu l'aider. Il y avait dans son passé quelque chose qui l'empêchait de se comporter comme tout homme amoureux. Elle avait été lâche ou elle avait voulu se protéger. Ou le protéger lui, elle ne savait au juste de quoi, dans les deux cas, elle avait échoué. Il avait été cruel avec Honoré en lui parlant d'elle, il ne l'avait jamais été avec elle, maladroit, indifférent quelquefois, mais jamais vraiment méchant avant qu'il ne la quitte.

Elle essayait de se remémorer, de chercher des allusions qu'il aurait pu faire, des indices qui lui auraient permis de deviner, elle ne voyait rien. Elle se souvenait vaguement d'un soir où ils avaient fait l'amour, il avait l'air triste comme souvent. Il s'était assis au bord du lit. Elle, toujours couchée, contemplait en gros plan son dos puissant, elle y avait posé la main. Ce n'était pas un geste de possession, seulement un petit geste de tendresse. Il avait sursauté comme si elle l'avait brûlé. Ça n'avait été qu'un effleurement. Il ne s'était pas retourné, il ne l'avait pas regardée. Elle avait été surprise.

- Que se passe-t-il ?

- Rien, je ne m'y attendais pas, c'est tout.

- Tu as un si beau dos, excuse-moi, je n'ai pas pu résister.

- Ce n'est rien, pardon.

217

C'était tout de même étrange cette réaction, elle ne l'avait pas oubliée. Ce détail était ancré dans sa mémoire comme une écharde dans un doigt. Elle s'était sentie repoussée. Aussi furtif qu'il ait pu être, ce sursaut l'avait marquée.

Elle avait fait en sorte de ne pas s'appesantir là-dessus, à présent, elle se disait qu'elle avait eu tort de ne pas chercher plus loin. Elle se demandait ce qui avait pu passer dans les yeux de Philippe à cette seconde. Y avait-il le même éclat que quand Honoré l'avait embrassé ? Pour elle, il tournait le dos, elle ne le saurait jamais, mais elle pouvait tout imaginer. Elle le pouvait, mais, encore une fois, elle ne le voulait pas. Il n'était pas temps pour elle de se confronter à la réalité. Elle la sentait venir et elle la repoussait de toutes ses forces ; elle avait déjà mal, mais elle pouvait encore se convaincre qu'elle avait eu la meilleure part de Philippe.

38

19 juillet
Retour au bar du Carillon
19 heures

- Vous êtes à l'heure, aujourd'hui, je vous en remercie.

Il était de plus en plus las, elle le voyait vieillir au fil des jours. À ses yeux, il avait cent ans. Ses mains tremblaient, mais son regard était plus vif.

- Je ne sais pas comment j'ai passé toutes ces années, elles n'ont pas existé pour moi. S'il n'y avait pas eu mon travail, j'aurais pu croire que je les avais vécues dans le coma ou amnésique. Je me voyais vieillir sans rien dans ma vie. Ce n'était pas ce rien qui m'effrayait puisque la seule personne que j'aurais voulu avoir ne pouvait pas la remplir. J'avais fini par renoncer à toute présence, homme ou femme auprès de moi. Ma solitude était totale et le resterait. Je n'attendais plus rien ni personne.

- Quand, un soir, on a sonné à ma porte. J'ai failli ne pas ouvrir. Un fond de curiosité ou une prémonition m'ont poussé à le faire. C'est un spectre qui m'est apparu : Philippe aussi pâle que la mort et en larmes. Où était passé le si bel homme souriant et conquérant que j'avais connu ? Sans un mot, il est entré. Il se tenait là, debout dans le vestibule, il avait seulement dit : Honoré. Comme s'il ne pouvait rien dire de plus. J'ai pensé que cette jeune femme avec laquelle il prétendait être heureux l'avait quitté et qu'il était submergé par le chagrin. Je l'ai conduit au salon, il s'est affalé dans un fauteuil et entre deux sanglots s'est mis à répéter :

o Je n'ai pas pu, j'ai essayé, je te jure que j'ai essayé, mais je n'ai pas pu !

Qu'avait-il bien pu essayer ? De la rendre heureuse ? De lui pardonner des incartades ? Je ne comprenais pas.

Je savais qu'il valait mieux ne pas l'interrompre, le laisser parler, se reprendre. Je me suis assis en face de lui et j'ai attendu. Il répétait en boucle sa litanie, il pleurait, il parlait, il finissait par émettre des mots sans

220

suite, inintelligibles. Ses yeux fixaient un point au-dessus de moi, il n'arrivait pas à me regarder. Je sentais que j'étais son dernier refuge, il ne fallait pas faillir à ma tâche. Au bout d'une heure, je me suis levé et je suis allé lui chercher un verre d'alcool qu'il a avalé d'un trait, il se calmait lentement.

Il était déjà très tard, je lui ai proposé d'aller se coucher, il était épuisé. Je l'ai emmené dans la chambre d'amis. Quand j'ai fait mine de le laisser, il a dit :

      o   Reste avec moi, je ne veux pas être seul.

      o   Comme tu veux.

Je pensais qu'il avait besoin de se confier qu'il allait se mettre à me raconter ce qui l'avait poussé à venir s'échouer à ma porte. Je me suis assis sur une chaise pendant qu'il se déshabillait. Je ne vous décrirai pas l'état dans lequel j'étais. Toute la souffrance qui remontait, les affres du désir qui refluaient du fond des années et qui me parcouraient le corps, je me devais de rester stoïque. Je me disais qu'il devait être très mal, connaissant ce qu'il savait de moi, pour se dénuder devant moi. Il était inconscient de sa cruauté. Je le voyais encore plus irrésistible à un mètre de moi et je ne pouvais pas le toucher. Lui ne pensait qu'à ses tourments, il avait peut-être même oublié ma présence. Il ne pleurait plus. Il ne parlait plus. Il avait retrouvé son sang-froid. Il s'est allongé sur le lit, nu, sans se couvrir, offert à mon regard. C'était trop, il n'avait pas le droit de me faire ça même s'il était en plein du désespoir. Il pensait me faire souffrir comme lui, il n'était pourtant pas un monstre d'égoïsme. Je pouvais bien écouter ses confidences avec une femme, ce qui me crucifiait déjà, mais je ne voulais pas supporter plus longtemps cette charge de désir qui me coupait le souffle devant son corps dévoilé. Je me suis levé pour quitter la chambre. J'étais au bord de l'évanouissement et mes pensées étaient confuses. J'ai cru à une hallucination quand j'ai entendu ;

o   Viens !

o   Où ?

o   Tu as bien compris !

Je ne savais pas ce que je devais comprendre, depuis son apparition je planais en pleine obscurité. Qu'était-il venu chercher auprès de moi ?

○ Alors tu viens oui ou non ?

Le tom était péremptoire, il n'y avait aucune tendresse, aucune douceur.

○ Tu es bien sûr ?

○ Je suis sûr.

Ce dont j'avais rêvé depuis tant de temps était en train d'arriver, j'étais paralysé et ce ton qu'avait employé Philippe n'était pas celui d'une invitation amoureuse. Partagé entre mon désir qui avait atteint un point de non-retour, la contrariété de cet ultimatum et la peur qui me retenait encore, je reculais le moment de prendre une décision.

○ Alors ? Je sais que c'est ce que tu veux depuis le Cap d'Antibes. Et tu hésites !

○ C'est vrai, c'est ce dont je rêve depuis des années, mais je n'imaginais pas ça comme ça et je ne comprends pas à quel jeu tu joues.

○ Pas besoin de comprendre, c'est comme ça ou je m'en vais voir ailleurs.

C'était trop, sans plus me poser de questions, mon état nerveux m'avait enlevé toute capacité de réflexion, je suis allé le rejoindre et je l'ai aimé il a résisté un peu au début, j'ai failli tout arrêter, je ne le sentais pas sûr, puis il a accepté de se détendre, de répondre à mon désir, et enfin il s'est laissé aller tout à fait. Je ne pouvais pas y croire. Il avait fini par être plus actif que moi. Il se livrait tout entier et en tirait du plaisir. Sans un mot, il m'enlaçait encore et encore. Il ne se lassait pas de moi. Quand il s'est endormi, à bout de forces, j'ai vu un bref sourire satisfait sur ses lèvres. Je me suis retiré sur la pointe des pieds. Je ne voulais pas passer la nuit auprès de lui. Je n'étais sûr de rien. Je me suis couché, dans mon lit je ne savais pas si je devais me considérer comme le plus heureux des hommes ou le plus malheureux. Si Philippe avait fait ça parce qu'il ne se rendait plus compte de ce qu'il faisait et s'il me rejetait le lendemain, j'en mourrais. Je m'en voulais d'avoir cédé. J'avais profité de sa faiblesse. Pourtant, je n'avais pas rêvé, il avait réagi à mes caresses, il ne s'était pas contenté de se laisser faire. J'avais senti son corps exulter, chercher le mien, mais je ne connaissais toujours rien de son cœur et c'est son cœur que je désirais conquérir. Il n'allait pas rester, c'était trop beau, ça avait été une apparition et les apparitions sont éphémères. Je redoutais sa réaction quand il ouvrirait les yeux. J'ai passé une nuit atroce. Ce à quoi j'avais tant aspiré m'avait été donné, mais je n'étais pas satisfait, j'avais peur de ce qui semblait impossible. J'ai quand même réussi à dormir un peu sur le matin. Quand je me suis réveillée, je n'ai pas entendu de bruit. Je pensais que Philippe dormait encore. Je suis allé voir, pour parler, lui dire que j'étais heureux, qu'il n'était obligé de rien. Ce serait comme il voudrait. Enfin, je ne savais pas vraiment ce que j'allais lui dire. Le lit était vide, la salle de bains aussi. Il était parti. J'ai trouvé un mot dans la cuisine.

« Pardonne-moi, Honoré. Je sais que je te fais du mal. Je voulais voir ? J'ai vu. Oublie-moi, tu resteras à jamais mon frère. Philippe. »

Je n'ai pas été étonné, je m'y attendais. Je n'avais pas mérité ce bonheur. Il me restait à comprendre ce que voulaient dire ces mots : je voulais voir, j'ai vu. Philippe

225

n'était pas homme à chercher l'aventure à tester, à expérimenter surtout dans le domaine du sexe. C'était un homme entier. Et qu'est-ce qu'il avait voulu dire aussi, la veille, j'ai essayé, je n'ai pas pu. Il était en pleine détresse. Où était-il allé ? Son téléphone ne répondait pas. J'ai pris peur.

Elle l'avait vu se décomposer au fur et à mesure de son récit.

- Je n'en peux plus, laissez-moi. Au revoir.

Elle l'avait laissé.

39

Mon Dieu ! Philippe au lit avec cet homme ! Elle était sortie de l'hôtel dans un état second. Elle s'était retrouvée chez elle après avoir déambulé dans la rue sans savoir où elle allait. Elle répétait : Philippe s'était rendu chez cet homme, il avait couché avec lui. Elle avait envie de vomir. Il l'avait laissée pour lui, pour un homme ! Elle aurait voulu le hurler, cracher ce qui lui mordait le ventre, son dégoût, sa haine. Elle n'avait plus rien contre plus à Honoré, une victime comme elle. Il les avait manipulés tous les deux, utilisés, puis jetés. C'était un pervers. Il s'était servi des gens au gré de ses désirs, il n'avait eu aucun égard pour eux. Comment avait-elle pu aimer un tel monstre ? Il s'était enfui de ses draps pour aller se rouler dans ceux d'Honoré, peut-être dans d'autres encore. Elle ne pleurait pas, sa rage était sèche, dure, solide.

Où était-il à présent dans les bras d'une autre femme ou dans ceux d'un homme ? Était-il heureux pour autant ? Il avait coupé les ponts avec elle, il avait fait de même avec Honoré. Qui était donc cet homme ?

Elle comprenait soudain qu'Honoré ne lui avait pas dit adieu, il avait encore quelque chose à lui dire. Bon, elle avait entendu le pire, elle ne redoutait plus rien. Elle ne voyait pas bien ce qu'il pouvait y avoir de plus. Philippe était revenu chez Honoré, ils vivaient ensemble ? Si elle se fondait sur ce qu'elle avait pu lire sur son visage, elle en doutait. Il avait été abandonné comme elle et il souffrait autant qu'elle.

Bah, elle verrait bien ! Elle allait essayer d'oublier tout ça. Savoir ce que valait Philippe allait l'aider à reconstruire sa vie. Elle n'allait pas continuer à aimer un homme qui l'avait si honteusement traitée. La prochaine fois qu'elle tombera amoureuse, elle serait plus vigilante.

Elle avait été trop naïve, ça lui servirait d'expérience. Elle ne s'emballerait plus sur une belle gueule, elle exigerait une conduite exemplaire surtout au lit. Ça, elle se le promettait. Elle allait encourager Honoré à faire la même chose. Il était plus engagé dans la vie, mais il n'était pas trop tard pour lui. Que ce sale type aille se faire pendre ailleurs. Elle avait pitié d'Honoré. Après tout, c'était vrai, ils avaient livré tous les deux la même bataille : essayer de se faire aimer de Philippe,

228

avant de se rendre compte que c'était impossible. Ça créait des liens.

Et Philippe ? Qu'avait-il cherché avec elle, chez lui ? Il n'avait été heureux ni avec elle ni avec lui, que recherchait-il ? Des sensations fortes ? Et qu'avait-il fait avec elle pendant deux ans, il n'était resté qu'une seule nuit près d'Honoré. C'en était fini de la belle histoire, il y avait de plus en plus un côté sordide qui lui faisait horreur.

40

26 juillet

Hôtel des pèlerins

19 heures

Elle était encore sous le coup de sa rage quand il l'avait appelée. Il accélérait le mouvement, il y avait à peine une semaine qu'ils s'étaient vus, il avait hâte d'en finir. Elle était à l'unisson.

- Après avoir mûrement réfléchi, je suis plutôt du genre à agir qu'à réfléchir, il m'a fallu du temps, je me suis souvenu de la lettre où il disait qu'il avait rencontré une jeune femme. Je me doutais que toutes les questions que je me posais trouveraient une réponse avec elle. Je n'ai pas mis longtemps à vous retrouver ? J'ai contacté quelques relations de Philippe, je ne les connaissais pas tous, l'une m'a envoyé vers les autres. Ils m'ont dirigé vers votre maison d'édition. Quand je vous ai vue derrière la plante verte, mon instinct m'a dit immédiatement que c'était vous. Je suppose qu'aimer le même homme crée des liens particuliers qu'on peut ressentir. C'est ce qui m'a poussé à vous faire cette proposition. J'ignorais comment m'y prendre et je ne pensais jamais que vous accepteriez. Vous étiez ma bouteille à la mer. Je sais maintenant que vous étiez dans les mêmes dispositions que moi c'est-à-dire résoudre le mystère Philippe. J'avais présumé que vous vouliez seulement trouver quelqu'un à qui parler de celui que vous ne parveniez pas à oublier, mais au fur et à mesure de votre récit tout devenait plus clair pour moi. Vous espériez peut-être que je vous dirais où était Philippe, que je vous aiderais à le retrouver. Vous n'étiez pas guérie, il vous restait un espoir, ténu, mais qui vous empêchait de mettre un point final à cette histoire qui vous rendait la vie impossible.

Vous ne compreniez pas pourquoi j'insistais pour que vous soyez si précise au sujet de vos relations sexuelles. La clé du mystère était là. Je trouvais enfin le sens de ses mots : j'ai essayé, je te jure que j'ai essayé, mais je n'ai pas pu. C'était évident. Vous étiez tellement amoureuse de lui, vous ne pouviez pas imaginer ce qui empêchait Philippe de vous démontrer son amour comme vous l'auriez voulu. Car, n'en doutez pas une minute, Philippe vous a aimée, il ne fait pas être grand clerc pour le deviner d'après ce que vous m'avez dit, mais il n'était pas dans ses possibilités de vous honorer pleinement. Vous l'avez compris maintenant, Philippe était homosexuel, comme moi. Seulement, c'était absolument impensable pour lui. Son éducation, l'amour qu'il portait à sa mère, il était persuadé que si ses parents avaient connu ses penchants sexuels, ils l'auraient rejeté, son père sans pitié et sa mère parce qu'il lui aurait fait horreur. Il lui aurait été impossible d'affronter le dégoût dans le regard que ses parents n'auraient pas manqué de porter sur lui. Leur jugement aurait été implacable. Il avait une telle adoration pour eux qu'il ne pouvait envisager d'être l'objet de leur répulsion. Il devait trouver un moyen pour échapper à sa condition, essayer de mener une vie normale et pour lui normale voulait dire avec une femme. Vous étiez la femme qu'il cherchait, aimante, discrète, facile à vivre, il espérait que vous seriez assez forte pour le transformer. Quand il vous a rencontrée, qu'il a été attiré par vous, il pensait qu'il allait oublier ses tendances, il croyait qu'il allait s'en sortir. Il était bien avec vous, il vous appréciait, mais pour son bonheur il lui fallait tout autre chose que vous ne pouviez pas lui donner étant une femme.

C'est moi qui ai été l'instrument de sa découverte le jour où je l'ai embrassé. Il ne m'avait pas repoussé aussi vite qu'un véritable hétéro l'aurait fait et ce regard que j'ai interprété comme un regard de haine envers moi n'était en fait que la stupéfaction de ce qu'il venait d'apprendre sur lui. Ce n'était peut-être pas si clair, mais je suis sûr que j'ai raison.

Ne vous a-t-il pas dit qu'il avait besoin de vous ? Il avait besoin de vous pour se prouver qu'il n'était pas homosexuel. Il vous aimait, il était heureux avec vous, seulement loin du lit. Comme il était jeune et vigoureux, son corps parvenait à lui donner l'impression qu'il était capable de se satisfaire d'une femme, mais son esprit lui criait le contraire. Il n'a pas voulu vous tromper, il n'a voulu que se leurrer lui-même. Il était très malheureux pour lui, surtout pour vous et il était désespéré de vous entraîner dans son naufrage. Son effort pour jouer à l'hétéro avec vous était trop grand, il s'est perdu. Rappelez-vous le sujet de son deuxième roman, cet homme certain qu'il est un monstre et qui reproche à son psy de l'empêcher de tuer son entourage. Il m'avait blessé mortellement et il savait qu'il en serait de même pour vous. Le monstre que son personnage était persuadé être, c'était lui. Quand il vous a quittée il en était à son premier crime, il allait perpétrer le second en me tuant moi et il ne pouvait pas s'en empêcher. Tuer les deux personnes qu'il aimait le plus.

Lorsqu'il est arrivé chez moi, il était à bout. C'était pour en avoir le cœur net. Il m'aimait aussi, je n'en ai jamais douté. Je l'avais senti en l'embrassant, mais je ne pouvais aller contre sa volonté de ne pas être ce qu'il voyait comme haïssable. J'avais fait le sacrifice de le laisser mener sa vie à sa guise même s'il se reniait, je souhaitais le savoir heureux. J'étais pourtant persuadé qu'il ne le serait jamais, j'espérais quand même. Cette nuit, il a été obligé de se rendre à l'évidence. Il ne pourrait trouver sa pleine réalisation qu'avec un homme. Il est venu vers moi, car au fond de lui, il y avait du désir pour moi. Il l'avait senti lorsque je l'avais embrassé. Il avait tout fait pour tuer ce désir qu'il refoulait de toutes ses forces, après ces années avec vous, il avait enfin compris. Il voulait voir, il a vu comme il disait. Cependant, acquérir une certitude n'est pas l'accepter.

- Mais, de nos jours, l'homosexualité est reconnue et parfaitement admise. Il pouvait la vivre au grand jour avec vous puisqu'il vous aimait. Il aurait pu être heureux et vous aussi. Moi, j'avais été sacrifiée au nom des convenances, mais j'aurais pu comprendre.

- La haine de l'homosexualité de ses parents était gravée en lui. Il était parfaitement incapable de s'accepter. C'est pourquoi il ne pouvait pas supporter ce qu'il avait découvert de ses désirs. Il s'est encore enfui.

J'ai passé les jours après à tenter de le joindre, j'ai remué ciel et terre, cependant, comme avec vous, il avait fermé toutes les pistes. Il ne restait que celle de ses parents,

235

je ne pouvais pas les contacter sans parler de ce qu'il avait eu entre Philippe et moi, il le savait. Il était persuadé que je ne le ferais pas pour essayer de le retrouver. J'avais un mauvais pressentiment. Qui s'est avéré peu de temps après. J'ai reçu une lettre de son père. La voici, vous pouvez la lire.

Cher Honoré,

Nous n'avions pas très bien compris ce qui t'avait poussé à t'éloigner de nous. Nous l'avons regretté, mais nous avons respecté ton choix. Pour ma part, j'ai supposé que Philippe t'avait porté tort, il n'a jamais voulu nous en parler. Si je t'écris aujourd'hui, c'est pour t'annoncer une bien triste nouvelle. En souvenir des liens qui vous unissaient au temps de votre jeunesse, j'ai pensé que tu aimerais savoir que Philippe nous a quittés. Il a mis fin à ses jours. Sa mère et moi sommes dans la plus grande affliction, car nous ne comprenons pas son geste. Il a avalé beaucoup de médicaments avec de l'alcool. Tout semblait pourtant aller bien pour lui. Il était en très bonne santé, même si, ces derniers temps il paraissait triste, ses livres se vendaient très bien. Il n'a laissé qu'un mot : « Pardon, je n'en pouvais plus. Je vous aime. Philippe ». Nous l'avons inhumé dans la plus stricte intimité, mais si tu veux venir nous voir pour parler de lui notre porte t'est toujours ouverte. Nous avons quitté Paris après la tragédie, voici notre nouvelle adresse. Nous t'embrassons. Henri et Claire.

Elle n'avait pas pu lire les dernières lignes, elle tremblait de tout son corps, les larmes inondaient la feuille qu'elle tenait toujours entre les mains. Il lui retira doucement. Il pleurait lui aussi, sans honte et c'était pathétique de voir cet homme pleurer comme un enfant. Elle se demandait ce qu'elle allait faire de tout ça. Tout se brouillait dans sa tête. Elle mesurait le gâchis de toutes ces vies. Elle parviendrait à s'en sortir, mais Honoré ? Il portait dans sa chair le poids de cette mort. Il n'en était pas responsable, il s'en croyait seulement l'instrument. Philippe aurait bien dû un jour ou l'autre faire face à son homosexualité Honoré ou non. Quand il l'avait quittée, il devait bien connaître la raison qui l'avait poussé à agir ainsi avec elle. Il refusait toujours de l'admettre et il était allé s'en assurer en couchant avec Honoré.

Elle allait rentrer chez elle, prendre un somnifère et dormir, dormir pour chasser cette autre image qui s'imposait à elle : Philippe endormi pour l'éternité. Elle l'avait si souvent regardé dormir qu'elle imaginait très bien son dernier sommeil.

\- Voilà, vous êtes au courant de tout. Je ne sais pas si j'ai bien fait de vous embarquer dans cette aventure, j'ai eu souvent des doutes, mais il est préférable que vous connaissiez la vérité pour vous reconstruire. Une dernière question : vous n'avez jamais eu le moindre soupçon sur la sexualité de Philippe ?

\- Non jamais, je pensais que les homosexuels détestaient les femmes, je veux dire sexuellement, qu'ils ne pourraient jamais en toucher une. Il n'y a jamais eu d'homosexuels dans mon entourage proche. Je n'avais que très peu de connaissances sur leur psychologie. Philippe n'a jamais été un amant exceptionnel, mais il ne faisait pas semblant. Ses réactions physiologiques étaient normales. Je serais incapable de dire à quoi il pensait alors, à vous peut-être pour se motiver, je ne pouvais pas le savoir. Je n'étais pas naïve au point de ne pas m'être rendu compte qu'il n'était pas comme les autres hommes en présence d'une femme aimée, je pense que je me suis mis un bandeau devant les yeux et il était épais.

En disant cela, elle ne lui disait pas vraiment la vérité. Elle ne lui mentait pas, elle se mentait à elle-même. Ça n'avait jamais été une idée consciente, plutôt une intuition qu'elle avait aussitôt refoulée. Philippe faisait l'amour avec elle, il jouissait. Selon l'opinion qu'elle avait sur les homosexuels, il était impossible qu'il le soit. S'il repoussait lui-même la possibilité d'en être un comment aurait-elle pu y croire ?

-       Et vous, allez-vous pouvoir vous reconstruire ?

-       C'est gentil de vous préoccuper de moi, je suppose que vous avez dû, bien souvent me maudire, me détester. J'ai dû vous faire horreur. Il est difficile d'imaginer l'homme que l'on a aimé coucher avec un autre homme. Je ne suis plus aussi jeune que vous et les dégâts sont plus importants. J'ai perdu à la fois l'amour de ma vie et un frère et je ne sais pas lequel je regrette le plus. J'aurais pu renoncer à lui comme amant, mais j'aurais tant voulu le garder comme frère. Vous allez rencontrer un homme, un homme qui vous aime comme on aime une femme et vous serez heureuse, vous avez encore tout le temps. Philippe a été un beau rêve qui a tourné au

239

cauchemar. Ne soyez pas trop dure avec son souvenir, ne le laissez plus vous empêcher de vivre. Il ne l'aurait pas voulu. Il était certainement très conscient du mal qu'il vous avait fait et c'est ce qui l'a fait le plus souffrir. Il s'est assez haï lui-même, au point de mettre fin à ses jours, pour que nous ne le fassions pas.

Nous allons à présent nous quitter pour de bon. Je tiens à vous remercier. Tout est dit. J'aurais désiré vous rencontrer en d'autres circonstances, vous êtes quelqu'un de bien, la fille que j'aurais aimé avoir. Promettez-moi que vous allez permettre à Philippe de s'effacer peu à peu de votre mémoire, vous méritez une belle vie, il en est encore temps.

- Je vais essayer, prenez soin de vous.

Cette fois-ci, il n'y avait pas d'enveloppe, ni lui ni elle n'y avaient pensé.

Lorsqu'elle s'était levée pour partir, elle avait l'impression de déposer un lourd fardeau. De laisser derrière elle une chape de chagrin. Elle regrettait de quitter Honoré, seul et dévasté, mais ils ne pourraient pas être amis. Il n'y avait aucune raison pour qu'ils se revoient. Il y avait trop de douleur en chacun d'eux, ils ne pourraient pas le partager.

41

Le temps est passé, elle a laissé tout ça reposer. Elle avait besoin de tout ce temps pour assimiler, pour comprendre. Petit à petit, les choses se sont mises en place. Elle avait toujours su, elle n'avait pas voulu le croire. C'était inconcevable pour elle.

La mort de Philippe lui paraissait irréelle. On ne meurt pas à son âge ou alors par maladie ou par accident. Qu'il ait mis fin à ses jours était inacceptable. Elle pensait à ce beau corps qui les avait tant émus, Honoré et elle, disparu à jamais. Elle pensait à lui qui n'aurait eu de bonheur que dans l'enfance. Elle ne veut pas songer aux efforts qu'il a fournis pour jouer aux hétéros avec elle, à la seule fois où il avait connu la jouissance qui pouvait le rendre heureux avec Honoré. Il s'était renié lui-même. Elle avait longtemps cru que c'était son corps à elle, ses envies à elle qu'il n'acceptait pas. Elle était loin de se douter que c'était l'inverse. Il ne parvenait pas à avoir de désir pour elle et il haïssait ses inclinations à lui. Si elle avait su ! Mais qu'aurait-elle fait ? Elle l'aurait forcé à prendre conscience de ce qu'il était réellement, à se l'avouer, à faire avec. C'est ce qu'elle croyait, qu'elle voulait se dire. Pourtant, elle n'avait jamais été capable de lui poser ces questions qui lui brûlaient les lèvres. Si elle avait su, elle aurait pu avoir la prescience de ce qui allait arriver. Oui, mais elle avait préféré fermer les yeux.

Quand avait-il découvert sa vraie nature ? Lorsque Honoré l'avait embrassé ou bien avant ? Il lui avait beaucoup parlé de son enfance, pas de son adolescence, période où il voyageait encore avec Honoré. Il était heureux à cette époque, Honoré le lui avait dit. Était-il heureux parce qu'il était avec lui ? Avait-il déjà ce penchant pour les hommes et surtout pour Honoré ? Il est certain que si c'était le cas, il n'aurait jamais voulu l'admettre. Était-il déjà tracassé par ses désirs, les ressentait-il ou son éducation homophobe était tellement forte qu'elle le forçait à occulter. Honoré lui avait dit aussi que plus tard, durant ses années d'étudiant, il n'avait pratiquement pas d'amis. Était-ce par peur des garçons ou par manque d'intérêt pour les filles ? Il aurait pu se lier d'amitié avec elles à défaut de les séduire. Mais il avait sans doute peur d'être démasqué. À ne pas répondre aux avances qu'elles auraient pu lui faire, elles auraient deviné. Restait Sébastien. Honoré ne l'avait pas connu, elle lui avait demandé. Elle supposait que c'était un survivant de l'enfance et qu'il était resté proche de Philippe parce qu'il ne ressentait rien pour lui. Il ne l'attirait pas.

Quand il l'avait connue, il ne l'avait vue que comme une amie. Ils avaient beaucoup de points communs, il appréciait sa conversation. Il avait remarqué aussi qu'elle était discrète. Au début de leur relation, il ne l'avait pas sentie amoureuse de lui ce qui l'avait rassuré. Il devait être si seul, Honoré était loin, il l'avait rejeté et même s'il adorait ses parents, il ne devait pas leur rendre visite très souvent. Il lui était difficile de ne pas être honnête avec eux et cela créait une gêne. Ce qu'il devait leur cacher l'empêchait d'être en confiance avec eux. Ils lui posaient certainement des questions : il ne fréquentait pas de fille, il n'envisageait pas de se marier. Ils ne comprenaient pas.

Quand il s'était senti bien avec elle, il avait vu une opportunité pour mener à bien son projet d'insertion dans la normalité. C'était la femme qu'il lui fallait, il allait être comme les autres hommes et pouvoir se présenter en toute innocence devant ses parents. Il aimait une femme, il couchait avec elle. Adieu Honoré et cette torture de se savoir différent. Il était à l'abri dans ses bras. Quand il avait été certain qu'elle l'aimait, qu'elle ne le laisserait pas tomber, il s'était lancé. Elle n'avait rien vu venir. Mais ce n'était pas si simple, il avait été forcé de se rendre à l'évidence : il n'assurait pas. Le baiser d'Honoré avait été irrémédiablement planté dans sa chair et lui rappelait sans cesse qu'il n'était qu'un imposteur.

Il se rendait compte aussi qu'il la faisait souffrir, mais c'était plus fort que lui, il se cramponnait à sa volonté de s'en sortir. Il croyait toujours ça possible. Il avait tenu tant qu'ils ne se voyaient pas trop souvent. Il avait des périodes de calme qui lui permettaient de rassembler ses forces. La cohabitation à l'île de Ré avait mis un point final à ses atermoiements. Plus d'espoir. Il était au bord du gouffre. La réalité l'avait frappé de plein fouet. Il ne pouvait plus continuer à se leurrer et surtout à la tromper, elle. Il supposait qu'elle devait commencer à se douter de quelque chose et ça lui était insupportable. Il n'avait pas eu le courage de lui parler, surtout de verbaliser ce qui lui faisait horreur. Il avait préféré la fuite.

Non, elle n'aurait rien anticipé, elle n'aurait pas eu la force de l'aider. La mort de Philippe la laissait anéantie, mais elle lui ouvrait la porte de la liberté. Elle ne le reconnaîtrait plus dans chaque haute silhouette qui traversait son chemin, elle ne regardait plus sur les étals des librairies, dans les articles des revues littéraires. Elle ne rêverait plus qu'il menait une vie heureuse sans elle, au point de se réveiller en sursaut. Elle ne chercherait plus à le retrouver. Elle pourrait retourner à l'Île de Ré, seule ou avec quelqu'un d'autre, il leur avait laissé le champ libre. Il s'était délivré de ses noirs tourments, ses parents ne sauraient jamais rien et ce n'était ni elle ni Honoré qui leur en parleraient. Personne sauf eux deux ne connaissait la vérité. Elle était libérée, et cela grâce à Honoré. Ils s'étaient appuyés l'un sur l'autre pour recomposer les dernières années de Philippe, celles qui avaient compté. Ils s'étaient apporté toute l'aide nécessaire. Ils avaient souffert pour ça, mais il en était sorti un soulagement pour chacun avec la compréhension. Ils avaient fait le chemin ensemble.

Que se passe-t-il dans la tête de celui qui veut occulter ? Il prend pour preuve de ce qui n'est pas ou de ce qu'il voudrait qu'il ne soit pas, le moindre indice qui va dans ce sens. Il travaille à travestir la vérité, la reconstruire pour qu'elle entre dans sa vision des choses. Elle n'avait fait que ça tout au long de ces deux années. Tout s'était fait, bien sûr, à son insu dans les profondeurs de son cerveau. L'amour lui interdisait de le laisser fonctionner correctement. Et même longtemps après lorsqu'elle avait encore des velléités d'éclaircir la désertion de Philippe, elle n'aurait jamais permis à sa raison de prendre le dessus pour lui ouvrir les yeux. Il était évident que Philippe ne trouvait pas son bonheur avec elle, elle avait été persuadée d'avoir fait tout son possible pour que ce soit le cas et elle s'était demandé pourquoi ça n'avait pas marché. En aucun cas, elle ne se serait autorisée à concrétiser l'idée qui serait venue à n'importe qui. En aucun cas, elle n'aurait prononcé mentalement le mot : homosexualité. Honoré l'avait obligée à l'extraire des profondeurs de sa mémoire occultée. Il avait fait ça en mémoire de Philippe pour que le souvenir qu'ils en garderaient soit celui de la vérité. En acceptant cette vérité, elle allait pouvoir lui pardonner tout ce qu'elle avait supporté. En lui montrant ce que Philippe avait ressenti : ses espoirs de devenir un homme aimant les femmes, son désespoir face à son insuccès, sa culpabilité d'avoir fait subir toutes ces souffrances à ceux qu'il aimait, il lui avait rendu sa véritable personnalité.

Philippe les avait aimés, chacun à sa manière. Elle avait été celle en qui il avait cru faire confiance pour échapper à sa condition. C'était voué à l'échec, mais il y avait mis toute sa conviction. Il avait été heureux avec elle, autant qu'il le pouvait. Tous les moments qu'ils avaient passés ensemble loin d'un lit avaient été heureux, elle n'en doutait pas. Elle le revoyait les yeux pleins de joie se baigner à l'Île de Ré, elle ressentait cette joie quand il la serrait dans ses bras pour partager son bonheur d'être là. Il y avait de l'amour dans les manifestations de tendresse qu'il avait envers elle. Il y en avait eu. Pas de désir, pas de passion, mais de la tendresse et une certaine forme d'amour. L'amour qu'il pouvait lui témoigner malgré tout. Tout s'était détérioré quand il avait compris que ses efforts étaient vains, qu'il ne pourrait jamais lui donner ce qu'elle attendait et qui la faisait tant souffrir. Il avait sûrement pleuré autant qu'elle l'impossibilité d'un amour total entre eux.

Il avait aussi aimé Honoré, mais il se l'était interdit et pour ça sa souffrance était grande. Il avait beau être solide, costaud, c'était insupportable. Les parents de Philippe ne sauraient jamais à quels tourments ils avaient condamné leur fils par leur intransigeance. Ils ne connaîtraient jamais la cause de son suicide, ce serait leur punition, pensait-elle.

Après avoir considéré que l'homme avait pris son plaisir à la malmener, le voir comme un sadique qui l'avait utilisée comme cible, qui trouvait sa jouissance à la regarder peiner, souffrir, pauvre malheureuse qui se débattait avec son

248

passé. Après lui avoir souhaité tout le mal possible. Après s'être traitée d'idiote d'être entrée dans son jeu pervers, après s'être mise à le haïr – pourquoi avait-elle accepté ? Après avoir pensé qu'il l'avait envoûtée, ensorcelée, qu'elle était devenue folle. Après l'avoir accusé d'avoir tout saccagé. Que lui restait-il de sa belle histoire d'amour ? – il en avait fait quelque chose de sordide, il avait peint en noir, l'image de Philippe qu'elle gardait dans son cœur. Il avait fait de lui cet odieux personnage qui l'avait utilisée pour se convaincre qu'il n'était pas homo. Après qu'il lui ait fait sentir qu'elle s'était aveuglée, elle aimait tant Philippe qu'elle n'avait pas eu les yeux ouverts. Elle avait eu tellement honte qu'elle ne pouvait plus supporter ce que cet homme lui avait fait. Elle avait traversé une période de révolte permanente, elle détestait Philippe, Honoré, elle les haïssait autant l'un que l'autre et par-dessus tout elle-même. Elle s'était repliée sur sa peine, terrassée par tous les sentiments qui l'assaillaient. Elle avait pensé à quitter, elle aussi cette terre. Elle avait été assez lâche ou assez courageuse pour y renoncer. Puis, elle avait fini par comprendre qu'elle ne devait tenir comme fautive que la fatalité qui avait mis sur son chemin l'homme de sa vie qui ne pouvait pas l'être.

Elle avait ensuite laissé passer les jours puis elle avait trouvé la signification profonde de cette étrange rencontre. Honoré n'avait pas eu pour but de l'entraîner dans son gouffre, il avait voulu, au contraire la sauver. Ce qui l'avait empêché de tirer un trait, de tourner la page, c'étaient toutes ces questions dont elle n'avait pas les réponses ou qu'elle ne souhaitait pas avoir, il l'avait amenée à renoncer à tous ces doutes sur elle, tout ce dont elle se croyait responsable dans ce désastre qu'avait été son histoire d'amour. Il avait tout mis au clair, l'avait forcée à regarder avec recul ce qui s'était passé et lui avait prouvé son innocence. Quoi qu'elle ait pu faire, elle n'aurait jamais pu lutter contre les démons de Philippe. Elle était battue dès le départ. Voilà ce qu'il avait eu en tête. Philippe avait trop aimé : ses parents, elle. Il ne pouvait pas s'aimer puisqu'il ne serait jamais ce qu'ils exigeaient qu'il soit, un homme qui aimait les femmes. Il avait préféré disparaître. Lorsqu'il avait appris la mort de Philippe, Honoré avait compris, il avait voulu, au nom de Philippe lui rendre ce dernier service, la libérer de lui, parler à sa place. Ce que Philippe n'avait jamais su faire, il s'était fait un devoir de le faire pour que tout rentre dans l'ordre. Elle songeait à tout ce gâchis, à ces existantes noyées dans le deuil d'un homme coupable de sa seule nature. Ses parents qui sans le savoir l'avaient condamné à mort, Honoré avec qui il aurait pu être heureux et elle qui aurait fini par admettre ce qu'il était, elle l'avait assez aimé pour ça. Il aurait pu mettre ses parents face à leur homophobie ordinaire, faire fi de leur rejet, construire sa vie avec Honoré quoi qu'ils en disent, il aurait pu lui avouer, à elle, ce qu'il ressentait ou ne ressentait pas avec elle. Il n'avait pas eu ce courage. Le dégoût de ses parents pour tous ceux qui étaient comme lui s'était enraciné en lui et l'avait détruit. Il ne pouvait pas vivre avec cette image de lui qui correspondait à ce qu'ils haïssaient. Honoré avait payé de sa personne pour que le calme revienne. Philippe pouvait reposer en paix et elle, reprendre le cours de sa vie.

Elle ne remercierait jamais Honoré, d'ailleurs, il ne l'aurait pas voulu, mais elle lui serait toujours reconnaissante. Elle lui laissait le soin de pleurer Philippe, elle n'en avait plus besoin. Elle ne garderait de Philippe que l'image de ses yeux qui savaient si bien sourire.

Elle avait refermé le livre. Désormais, tout avait été dit, elle allait se remettre à vivre.